Luca & Jareth
「或るシカリオの愛」

或るシカリオの愛

砂原糖子

キャラ文庫

この作品はフィクションです。
実在の人物・団体・事件などにはいっさい関係ありません。

目次

口絵・本文イラスト／稲荷家房之介

或るシカリオの愛

「八千五百ペソだ」

　グリーンの文字の発光する電卓を叩(たた)き終え、ジャレスは言った。

　無数に走る天板の傷がカンディンスキーの抽象絵画のように見えなくもないテーブルには、時計やアクセサリーといった宝飾品が並んでいるが、どれも安物ばかりだ。目の玉が飛び出るような値はつかない。

　ジャレスが伸びた髪を無造作に一つ結びにした頭を起こすと、テーブルの向こうに突っ立つ男は、不満を示さず頷(うなず)いた。

　たまに品を持ち込む初老の髭(ひげ)の男だ。

「いいのか、言い値で？」

「おまえさんのことは信用してる。前に売った懐中時計、俺は二束三文と踏んだが良い値をつけてくれたろう？　あれは父親の形見で結構な品だったそうだ」

「へぇ……」

　――誰のもんだか。

　懐中時計の持ち主が、身ぐるみ剝がされ自分で掘らされた穴に今頃埋められていても驚きはしない。

いつも床屋に寄ったばかりのように髪も口髭も小ざっぱりと整え、革靴までピカピカの紳士のなりで現れる客だが、この辺りでは悪党ほど羽振りがいい。

「この街で信用されるなんて光栄だね」

乾いた声で応え、ジャレスは奥のレジカウンターに向かった。

ジャレス・マルティーニ。古道具屋のジャレス、だいたいそう呼ばれる。

なにかと物騒なこの街で暮らし八年、名字を知る者はそう多くない。出身はもちろん、生まれ日も。まだ三十代前半にもかかわらず、食えるだけの日銭で充分という乾ききった老人みたいな暮らしぶりだ。

くたびれた精神とはアンバランスに、体だけは若かった。混血が多数を占める中南米の国ながら、ジャレスはスペイン系の白人で、男性モデルのように背は高く、ボディもほどよく逞しい。ただのヘンリーネックの白シャツに黒いパンツの姿ですら色気が漂う。

ダークブラウンの緩く癖のある髪。深いブルーアイ。たまに掃き溜めに迷い込むようにジャレス目当ての女性客も現れるが、当の店主はカウンターで気だるげに頬杖をつくか、店先でカウボーイハットを目隠しに昼寝をするかだ。

「たしかに」

帳面にサインをし、代金を受け取った男は表に出る。珊瑚ピンクの壁が目印になる店の外には、少し離れたところにアメ車が停まっていた。長い車体が目立つ、ブラウンのキャデラックだ。

部下だか用心棒だかが、痛いほどの日差しの下で手持ち無沙汰そうに煙草をふかしている。

男は、思い出したようにジャレスのほうを振り返った。

「ああ、忘れてた。ついでにそいつも引き取ってくれるか？」

申し訳程度の日陰を作った軒先に、大きな青いコンテナボックスが勝手に積まれていた。

「食器はダブついてるから、銀食器でもない限り値はつかないが」

「いいさ、タダで。処分も手間だ、まとめて頼む」

「……わかった。引っ越しでもするのか？」

「まぁな。ここも面倒が増えすぎた。しばらくカリブのビーチでも巡って女を口説くさ」

金目のものは真っ当な質屋にでも売り払い、残ったクズを持ち込んだのだろう。

開襟シャツの首元のループタイ一つ取ってもわかる。大きな琥珀だ。一目で一級品と知れる石目のアンバーを下げているような男が、二束三文の品しか持ち込めないはずがない。

「アディオス、アミーゴ。扱いには充分注意するんだな」

男は永遠の別れのように告げ、歩き出した。一瞬でトウモロコシの粉でも塗したみたいに革靴の輝きも失せる無舗装の路地だ。

ジャレスは返事代わりにひらと片手を上げた。

——値もつかない皿にご忠告どうも。

エンジンを派手にふかし、キャデラックは走り去る。激しく舞い上がる砂埃が、まるで空き缶を引き摺るハネムーンの車のようだ。

アメ車だから連想したのか。煙る空気が戻るのを待たずに背を向けた。売りつけられた荷を何気なく確認しようとして、ジャレスはぎょっとなった。

積み上げられたコンテナボックスを背に、少年が地べたに座っていた。

いや、違う。

少年のような男だ。

日の当たった片目だけが鳶色に見える、黒い眸。凛としたアーモンドアイ。黒い髪は短く、肌は褐色だ。巻きつけた細い腕で両足を抱え、こちらをじっと仰ぎ見ている。

ホームレスが軒下に居着くのは珍しくもないが、それにしても察しは悪くないはずの自分がまるで気配に気がつかなかった。

違和感を覚えつつも、ジャレスが店に入ろうとすると、立ち上がった男がついてくる。猫のように足音がなくとも、今度は確かに感じた。

「なんだ？」

客とは思えない男を振り返り見る。

「俺を買っただろう？」

「は？」

「旦那が売るって言った。あれと一緒に」

男の指は、真っすぐに表の青いコンテナボックスを示していた。


やられた。

——という感想以外ない。

「オラ！　エスタ、ベンセス・デ・コルテス？」

ジャレスが黒電話の受話器を耳に押しあて、方々に電話をしている間、ガキのように薄っぺらい体をした男は傷だらけの作業テーブルを前に座っていた。

一声も言葉は発さず、身じろぎもせず。ついでに息もしていないんじゃないかと思えるほどの存在感の薄さと静けさ。悲壮も楽観も感じられず、ただそこにいるだけだ。

髭の男、コルテスの行方は知れなかった。

深く関わるつもりもなかったジャレスは知らなかったが、コルテスは麻薬の密売業者で、街外れの屋敷はとっくにもぬけの殻らしい。警察の手が伸び、逮捕も間近と噂されていたとか。

どうやら『面倒』から逃れようと、一切合切投げ打って街を出たのだろう。

麻薬組織に関わる者にとって、警察に捕まるのはなにより避けたい事態だ。

平和ボケしたどこかの国とは違い、警察は非合法な振る舞いを隠そうともしない。おまけに内部は虫食いや腐りまで進んでいる。冤罪上等のなんでもありで、目をつけられたと知れば一般市民でも裸足で逃げ出す。

身に覚えがあるなら尚更だろう。

「おまえを置いておく義理も余裕も、こっちにはないんだが」

ジャレスは、押しつけられた不用品に重い溜め息を零した。

男は無言のまま、馬鹿の一つ覚えみたいに表を指差す。

「だから、買った覚えはないって言ってんだろ。俺が引き受けたのは食器だけだ」

「旦那は『まとめて』と言った」

「俺の『まとめて』におまえは含まれてない。だいたい人間までセット売りと思う奴がいるか。俺は嵌められたんだ」

今度はじっと見つめ返してきた。

——まただんまりか。

「もういい。言葉遊びをするつもりはない。俺が買ったって言うなら、所有権を手放すまでだ。ほら、もうおまえは自由だ。よかったな、どこへでも好きなところへ行け」

初めて戸惑いの表情が返った。

黒い眸は細かに揺れ、唇は薄く開いたり閉じたりを繰り返したのち言葉を発した。

「行くところはない」

どうやら身寄りや頼るところがないという意味ではないらしい。

目的地が一つもないと言っているのだ。

行くべきところも、行きたいところも。

犬や猫が見知らぬ地でひょいと野に放たれても、右も左もわからない自由に途方に暮れるように。

聞きたくもない言葉だ。どこかで聞いた風な言葉。

覚えたのは、同情などではなく苛立(いらだ)ちだった。

ジャレスもまた、馬鹿の一つ覚えのように溜め息を繰り返す。

「だいたい、どんなヘマをやったら皿と一緒に売られるんだ。おまえ、密売屋なんかのところでなにをやってた？　皿洗いか？　庭掃除か？」

「殺し」

皿洗いや庭掃除のように返った。

「嘘(うそ)つけ。おまえみたいなひょろっこいのが……」

パンと乾いた音が響いた。

表のどこかだ。普段は無反応のその音に、ジャレスは身を捩(よじ)り、日差しを切り取ったような間口に視線を送った。

銃声なんて、この街では教会の鐘の音と変わらない。当たり前にそこらで鳴り響く。

とはいえ、このところ国内の行政の連携も深まり、僅かでも治安の向上が認められるのは希望だ。新しい市長は犯罪の撲滅に力を入れており、年中無休で小競(こぜ)り合いを続けてきた麻薬組織も例外ではない。

悪人共にとっては大きな失望だろう。戦線離脱を目論(もくろ)む者には、汚れ仕事を引き受けてきたお抱えの殺し屋なんて、お荷物以外の何物でもないに違いない。

「とんだ不用品を押しつけられたもんだ」

ジャレスは動かない男を改めて見た。

「おまえ、年はいくつだ?」

「二十一か二十二くらい」

「くらいってなんだ、自分の年もわからないのか? ガキみたいにヒョロヒョロだな」

薄い体に沿うタンクトップに、羽織ったネイビーのオーバーチェックのシャツ。服は清潔だ。洒落(しゃれ)てはいないが、食うや食わずのホームレスよりはマシな生活をしてきたようだ。

「太るのはよくない」

「はっ、若い女みたいなことを。モデルでも目指してんのか」

冗談の通じない男はにこりともせず、不快な表情さえも見せなかった。

いちいちこちらが反応に困る。

口数少なく、表情は乏しく。物怖(ものお)じもせず向けられた眼差(まなざ)しに、感じていた違和感の正体がわかった気がした。ホームレスならば、普通は追い払われまいと気まずく目を逸らす。

「おまえ、なにができる?」

「殺し」

「殺し以外でだ。殺しは間に合ってる」

また黙り込んだ。

また、溜め息で返す。

「とりあえず、おまえの旦那の持ち込んだものを裏に運ぶのを手伝え」

今度はコクリと頷いた。

積まれた三つのケースの中は、パッと見る限り陶磁器ばかりで、裏に移動させるのも一仕事だ。台車を持ってこようとしたところ、男は両脇の取っ手に手をかけた。

「おい、おまえ一人じゃ……」

「どこへ?」

ヒョイと持ち上げ、問う。

「ああ……裏の倉庫だ」

驚いた。見た目よりも腕力があるらしい。背後からついて歩けば、一見ほっそりと華奢な腕は漲らせた力に張り詰めており、意外に筋肉質なのが窺える。

——使える奴なのか?

考えを改めかけた傍から、ガシャリと不快な音が響いた。

「おいおい、そっと置け！　あー、一枚割れてんじゃねぇか」

「後はどうすれば？」

「知らん。おまえも買い取り品なら、表で売れるのを待ってりゃいいだろう」

匙を投げるように言い放つ。半分面白くもない皮肉だったにもかかわらず、表に出て行った男は、軒先に並べたビールケースの端に腰をかけた。

裏返しにして一列に並べ、籠に入れた品を陳列しているベンチスペースだ。人形のように通りを真っすぐに見つめて座ろうと、役にも立たない男が売れるはずがない。

案の定、店じまいの時刻を迎えるまで、通行人さえ見向きもしなかった。

八月。雨季のこの季節は、大抵日暮れに大雨が降る。真っ赤に燃え盛らんとする太陽が、分厚く覆った雨雲に鎮火させられ、早足でやってくる一日の終わり。

ポツポツと始まった雨粒は、瞬く間にどしゃぶりへと変わり、バタバタと店先のものをしまうと男もついてきた。

一応立場は弁えているのか、奥へは入ってこない。通路に一時的に並べたビールケースに座る。濡れネズミのように黒髪は寝そべり、顔を音もなく伝い落ちる雨粒が、店のコンクリートの床の色を変えた。

ジャレスの住居は二階だ。キッチンは一階の裏手の奥で、夜は束の間の楽しみの時間だった。

ビールにテキーラに、美食とまでは言わないながらも、それなりの飯。一人静かに味わう頃に、同じ屋根の下に誰かがいるのは初めてだった。

落ち着かない。

キッチンで透明なスリムボトルのビールを手にしたジャレスは、軽くラッパ飲みしてから、もうひと月分はついた気のする溜め息を漏らして入り口に向かった。

「食え」

窓明かりに浮かぶシルエットに向け、声をかける。

捨てるつもりだったパンを、「カビてないだけありがたく思え」と男に放った。

宝石箱をひっくり返したようだと言われる街が、国のどこかにあるらしい。

この街も見た目はカラフルで、一応天国に近い街だと言われている。

街の名、ミノシエロの語源は、カミーノとシエロ。道と天国。東のずっと先に行けばカリブの青き海が広がるとは思えない内陸にある。

昼は暑く、夜は冷え込む。石も砕けるほどカラカラに乾燥しているかと思えば、激しいスコールが降り、大地はぬかるんではまた乾いて砕ける。

街の中心部はなだらかな丘になっており、侵入除けのガラスのぶっ刺さった高い壁に囲まれた金持ちの家が並ぶ。天辺(てっぺん)には黄色い壁の教会。傍らに、街のどこからでも見える大きなアウエウェテの木が聳(そび)え立っていた。

いや、脇に木があるのではなく、アウエウェテの傍に教会が建てられたのだ。

樹齢千年を優に超えるブロッコリーのようにこんもりと茂った丘上の大木は、この街で最も背が高く、鮮やかな緑は天へ続く道と言われてきた。

荒れきった街が天国に近いとは、この上ない皮肉だ。

中南米がラテンのノリで明るいなんてのは幻想で、死がご近所すぎる街では心の底から陽気な者など稀(まれ)だ。どこかの国には空元気などという言葉もあるらしいが、まさにそれだろう。

善人もいるが悪人もいる。その境界は尻拭きの紙よりも薄い。

市場(メルカド)で銃撃戦が始まれば、一部の善人は色めき立つ。運悪く店主が死ねばチャンスだ。店の空きスペースを狙った小競り合いが始まり、昨日フルーツ屋だった場所に今日は潰れたマンゴーや割れたグアバを掻(か)き集めたジューススタンドが開く。

——あの世が近いという意味では、確かにすぐそこか。

正午を知らせるように、今日も教会の鐘が鳴る。

カランコロン。

祈りの時間がくる。

「ほら、昼飯だ」

ジャレスは軒下の男にパンを放った。

名前もない野良犬に恵むときのほうがもっと声音も表情も和らぐだろうと、自分でも思う。

男の名前は『ルカ』といった。

厄介者のルカが来てから、表に陳列台代わりに並べるビールケースが一つ増えた。古道具として買い取ったというなら、古道具として売っぱらうまでだ。

ルカは唯一の居場所のようにそこへ座り続けた。

食事は気まぐれに出してはいるが、男はどんな粗食でも不満も示さず、顔色一つ変えないのが余計にジャレスの気持ちをざらつかせた。

「パン一つ分も働いてないのはわかってるだろうな?」

露悪的に言い放っても、細い首が台座の小さな頭は静かに頷く。

手ごたえの薄い男に食料を与え始めて三日目。

ブロロロロと鼻詰まりの酷い馬のようなエンジン音が近づき、見慣れた水色のピックアップトラックが店の前に停車した。ビールケースを荷台から下ろしながら男が気安く声をかけてくる。

「おうジャレス、そいつが新入りか?」

酒屋のフェルナンドだ。

色を抜いた軽薄なプラチナブロンドが目に痛い。褐色の腕には聖母マリアのタトゥも目立つ咥え煙草の男は、まるで勝手知ったるなんたらだ。ジャレスの返事も待たずに、ルカが尻に敷いているのと同じケースを店の裏に運び入れ始めた。

酒は注文しなくともくる。アルコールが切れないのは助かるものの、たまに売れ残りの酒も請求書に紛れ込み、気づけば裏の倉庫の棚に並んでいる。

「チャオ！　なんだ、随分大人しいねぇ」

戻ったフェルナンドは、口に挟んだ煙草を風下に向けながらルカの前にしゃがみ込み、飼い始めた子犬でも見にきたような調子で言った。

ルカは無言だ。

ある意味、究極にマイペースな男ながら、瞬きだけはしている。一応、息もしているだろう。

「へぇ、結構可愛い顔してんじゃん。俺にそっちの趣味はないけどな」

「フェル、なんでこいつを知ってる？」

「『珍品』が売りに出されたと噂になってってからねぇ」

言いながらチラと隣を見た。

「カゴ屋め」

隣は編みかご屋だ。日よけに麦わらのソンブレロを被った店主のオヤジは、飼い犬のチワワを抱いて店先に出ていたが、ジャレスと目が合うと気まずそうに引っ込んだ。

酒屋は情報通だ。あちこちに酒を運ぶついでにネタを仕入れ、方々で面白おかしく触れて回る。ただのゴシップ屋とも言える。

「なぁ、俺の店で雇ってやろうか？　このむっつりのところにいるよりいいだろ？」

ルカの鈍い反応にも臆せず、調子のいいラテン男は尋ねた。

「おまえ、なにができんだ？」

「殺し」

ルカがようやく口を開いた。まるでいくつかの決まりきった質問ならお喋り(しゃべ)りのできる、子供向けの人形だ。あるいは、生まれて最初に覚えた言葉が『殺し』だったか。

フェルは驚くどころか、ひゃっひゃと愉快そうに笑いだした。

ルカはピンクの壁へと身を引かせる。ところどころ壁が斑(まだら)にアイボリー色なのは、昔酒場だった頃にペイントされた店名の名残だ。

「面白れぇ、気に入った。酒屋には殺し屋も用心棒もいらねぇけどな。おまえ名前は？」

すっかり警戒したらしいルカは、案の定、瞬きさえ忘れるほどのだんまりだ。

ジャレスは渋々代わりに応えた。

「ルカだと」

「へぇ、聖人の名か」

フェルナンドに改めて覗(のぞ)き込まれた小さな顔は、瞬きを一つする。

「なんだよ、『ルカ』もわからないのか？　福音書を記した立派ぁなお人だよ。まさか聖書も開いたことないってんじゃないだろうな？　マタイは？　マルコは？　ん、マルコは知ってんのか？　けど、驚きだな」

瞬きと会話ができるのも充分に驚きだ。酒屋の思わぬ特技に、ジャレスは呆れとも感心ともつかない感想を抱く。

「ははっ、殺し屋が聖人と一緒なんて最高だな！　皮肉すぎて笑える」

それには内心同意した。

顔の筋肉をピクリとも動かさず考えるジャレスも、人のことは言えない。年中気だるい表情で店番をするうち、すっかり表情筋も鈍って動かなくなった。

フェルナンドのように、声を立てて笑ったのはいつが最後かと問われたら、ちょっと考えてしまうほどだ。

配達を終えても帰る気配のない男は、ひとしきりルカに絡んだ後は、店先に座り込んだ。ルカとは反対の入り口側で、普段はジャレスが店番がてら昼寝をしたりしているスペースだ。

「フェル、俺の店でサボるな」

「ちょっとのお喋りくらいいいだろ、シエスタだ」

「昼休みは帰って飯食って昼寝しろ」

「どこでどうしようと俺の自由だ。俺の店なんだからな」

酒場で意気投合した酒屋の主人に任されただけとは思えない物言いだ。八年も切り盛りしていれば、周りもフェルナンドの店だと思い込んでいる節がある。

気ままなラテン男は、いつも好きに居ついてペラペラと女のように喋っていった。『嫌がるおまえを笑わせせんのも仕事のうち』なんて、ありがたくもない気色の悪いことまで言う。

年は近いが、ジャレスはべつに友人ではない。ただの昔馴染(なじ)みで、腐れ縁だ。

「おい、あれはいくらだ?」

酒屋の無駄話を断ち切り、巨漢の男が声をかけてきた。

バルーンのように突き出た腹の目立つ男が指差しているのはルカだ。

「……買うのか?」

「ああ、いくらだ」

「そうだな、珍しい品だしな……」

ジャレスはふらりと現れた男を数秒見つめたのち、適当な額をふっかける。結構な高値にもかかわらず、風船男は財布を取り出し、あっさり売買は成立した。

ショベルやほうきでも持ち帰るように、ルカの細い二の腕を引っ摑(つか)む。

「じゃあ、もらってく」

話はもちろん聞いていたのだろう。ルカの黒い目は一瞬ジャレスを捉えただけだった。

背中まで水枕でも背負ったように丸い大男とルカの去っていく後ろ姿は、親子ほど年が違って見えるが、親子には見えない。

「おいおい、いいのか？」

フェルナンドは非難がましい眼差しだ。

「早めに売れて助かった。長引くとエサ代もバカにならないし、役にも立たないし」

「あいつ、ポンセス・ジュニアだぞ。ガキをレイプするような変態に売るのか、おまえは」

子供ばかり狙ったレイプ犯として、小物ながら逮捕されたこともある男だ。地獄の沙汰も金と権力次第。元市長の甥だとかで、証拠不十分で裁判は行われずじまいだった。

昨年の選挙で元市長がよもやの敗退、犯罪の撲滅を公約に掲げた若手に取って代わられたのはそのせいじゃないかとも言われている。

「俺は客を選んだことはない」

「選べよ、いつからそんな薄情もんに……」

「俺に殺し屋をいつまでも店に置けと？」

ジャレスの抑揚のない声に、フェルナンドの勢いは目に見えて萎んだ。

わかりやすい男だ。

「べつに本物と決まったわけじゃ……」

「あいつはたぶん嘘は言っていない。ガキでもない。二十一か、二十二くらいらしい。文句があるなら、おまえが買い戻せ」

ジャレスの手にした札束は、酒屋が気軽に買い戻せる額ではない。フェルナンドは気の良い男ながら、己を犠牲にしてまで他人を救おうとするほど物好きでもなかった。

そうこうしている間に、二人の後ろ姿も通りから消えていた。

酒屋は腹立たし気に足元で煙草を揉み消し、立ち上がる。

「帰る」

「そうしろ、昼休みは寝るに限る」

「気分悪くて昼寝どころじゃねぇわ」

トラックに乗り込みながら、フェルナンドは置き土産のように言った。

「ああそうだ、あいつの常宿はホテルグランカミーノだっけな」

昼はキンと冷えたビールが恋しくなるが、店を閉める頃には気温も下がり、温いビールがちょうどよくなる。

ボトルビール片手に閉店作業を終えたジャレスは、冷蔵庫を確かめることなく、二本目を取りに裏の倉庫へ向かった。

「あいつ、また勝手に……」

食料を並べた棚を覗くと、やけにゆとりがなくなっており、フェルナンドがビール以外も勝手に納品していったのがわかる。もちろんちゃっかり請求書に紛れ込ませるに違いない。

さり気なく並べようと丸わかりだ。覚えのない酒瓶を手に取り、ラベルを確かめようとしたところ、足元でザリッと音が鳴った。黒いレザーブーツで踏んだのは砂利などではなく、ルカが来た日に割った皿の破片だ。

輝きのない曇った陶器。まるで人の歯か骨の欠片(かけら)のようにも見える。反射的に間口から表に放るも、背中に走ったぞくりとした感覚だけは離れず残り続けた。

嫌な胸騒ぎならずっとしていた。風船男にルカを売り払い、フェルナンドが帰ってからこっち、ずっと。

「……クソ」

酒屋が余計な情報を耳に入れたせいだ。

この世を楽に渡るのに有効な武器は、銃でもミサイルでもペンでもなく、無知だ。知らなければ無用のトラブルを負う必要はなく、迷いも罪悪感も覚えずに生きられる。

知ったら終わりだ。

「……フェルの奴、あとでこっちが請求してやる」

『なにを?』と自分に問う間もなく、ジャレスは表に出た。

空気はまださほど冷えていない。

日が沈んで間もない夜。宵闇の空には爪の先みたいな三日月が浮かび、丘上のアウェウェテの大木の影は星々の輝きを纏う。もう店じまいに等しい教会の屋根には、墓石めいたシルエット。

黒い十字架だ。

ジャレスは急ぎ足になった。

街外れから、繁華街の石畳の通りへ。途中の酒場の店先のテーブルには、できあがった酔っ払いの姿も目立つが、女子供はとうに家の扉を固く閉ざして引っ込む時刻だ。

辿り着いた堅牢なホテルは、古くともこの街一番のお高いホテルにもかかわらず、やる気のなさそうなフロント係が出迎えた。

客室へ向かうエレベーターは乗り込み放題ながら、ジャレスは手っ取り早く尋ねる。

「人を捜してる」

フロントの男の眠たげな目は、紙幣をチラつかせた瞬間だけはっきりと開いた。

もう少し積めば鍵まで借りられたかもしれないと思い当たったのは、教えられた上階の部屋の前で、扉を蹴破った瞬間だった。

ノックに無反応の部屋は、強引に風通しをよくしても静かなままだ。

捜し人はいた。

奥の続き間のダブルベッド。古めかしいシャンデリアの飴色の明かりの元で、裸の男の仰向けでも引っ込むことのない腹を、ルカはタンクトップ一枚で無表情に跨いでいた。

生白く醜悪な腹は、数日川にプカプカ浮かんだ水死体みたいに膨れている。ビョンビョンとゴムのように撥ねそうな腹を、バランスも崩さず尻に敷いたルカは、ナイフの刃先を男のふやけた喉元に当てていた。

正確に頸動脈の位置だ。

反対の左手には短い三叉槍のようなもの。男の胸元に突き立てられたそれは、鈍い金色をしていた。

なんなのか一瞬わからず、ベッドの下に転がったロウソクを目にして初めて、それが真鍮の燭台であると理解した。

シーツの上には、禍々しく嫌悪感しか覚えない性具が散らばっている。半分は拘束のための道具で、残りも快楽どころか、苦痛しか引き出さない代物であるのは一目でわかった。

ルカの下半身は丸裸だが、一見して怪我はしていない。ジャレスは、パッと一瞬で景色を頭に焼きつけるように状況を把握した。

今、命が危ういのは醜態を晒している男のほうだ。

「ルカ、それをしまえ」

返事はない。

ずっとこちらを見ているにもかかわらず、心ここにあらずのような眸。

「ルカ、ナイフを引っ込めろと言ってるんだ。俺の言うことが聞けないのか？」

手元が揺れ、男の首元にツッと赤く細い筋が走った。

「やめろっ！　バカかっ、殺す気か⁉　テメエの客だろうがっ‼」

声を荒らげて気づいた。代金は支払われており、所有権はもう自分にないのだと。

ジャレスは黒いパンツの尻ポケットに突っ込んだ札を抜き、男の上に撒いた。

「ほら返したぞ！　当日中の返品くらいは受けつけてる。ツイてたな、おまえもそのほうがいいだろ……」

男は白目を剝いており、返事はない。

「……なにも言えないか」

とにかく権利は戻った。

ジャレスはルカを引き剝がした。今度はされるがままで、ナイフの手を引っ込める。

ベッドに外れ落ちた燭台は大した傷にはなってなさそうだ。一応脈があるのを確かめた男の喉元は、脂汗でじっとりと不快で、一方のルカは人を殺す手前だったとは思えないほど、さらりとした肌をしていた。

汗もかかなければ、おそらく脈も上がっていない。

「服を着ろ、帰るぞ」

床上の衣類を掻き集めて押しつける。靴もだ。ナイフを放そうとしないルカの腕を引っ摑み、ジャレスは急ぎ部屋を出た。

明らかに訳ありで少年風の男を引き連れて帰る自分を、フロントの男はもう見ようとはしない。奴らの給料分の仕事に面倒は含まれていない。

誰とも目を合わさず、言葉も交わさず帰り着いた。店のドアを閉じれば、馴染んだ空間にホッと溜め息とも安堵（あんど）ともつかない息が零れる。

足になにか当たると思えば、ルカの右手首からだらりと下がった手枷（てかせ）だった。黒い革の枷は右は嵌まったままだが、左は外れ落ちており、分厚い革がすっぱりと一文字に切れて口を開けたようになっている。

――どうやったら革がこんな風に切れるんだ。

疑問を覚えつつも残った右のベルトを外してやろうとすると、ルカが左手に持ち替えたナイフで、ケーキか腐りかけのフルーツみたいにするっと切り裂いた。

一瞬の出来事に息を飲む。

十字架の形の特徴的な柄をした、サイズのわりに重そうなナイフだ。柄も刃も、繋（つな）ぎ目のない一つの金属でできている。

ルカは柄に指をかけ、器用にクルッと回した。鞘（さや）は服の中に縫いつけてでもいるのか、羽織ったシャツをパッと捲（まく）り上げ、ゴツゴツした背骨で浮き上がったパンツとの僅かな隙間に鋭い刃を突っ込む。

まるで身体（からだ）の一部であるかのように操る、鮮やかな身のこなし。

ジャレスは腕を引っ摑んだ。

「……あいつを殺すつもりだったのか？」

「先にあいつが俺を殺そうとした」

「セックスは？」

ルカは少し考えるように黙ってから、首を横に振る。

「ナイフを寄越せ、預かっておく」

首は縦にも横にも動かなくなった。

殺しは趣味でも病気でもないだろうに。

生活の糧を得るための仕事は、ときになにより深く根づいて染みつき、切り離せないものになる。代わりの仕事がなければなおさらだ。

ルカを見る度、腹の奥からじわりと滲むように湧き立つ苛立ちはもどかしさなのか、正体を知りたくもない。

ジャレスはぶっきらぼうに言った。

「ほら、とっとと渡せ。ここにいたいなら、それが条件だ。殺しはナシだ、半殺しもな。無理なら今すぐ出ていけ」

「でも……」

「おまえの殺しの腕なんて、もう誰も必要としてない。ここに置いてほしけりゃ、クソの役にも立たないのを理解しろ。おまえは厄介払いされたんだ。値もつかないような皿やボウルと一緒くたに売っぱらわれた不用品なんだよ！」

「不用品……」

「そうだ」

よく見れば長い睫毛に縁どられた黒い目を、ルカはゆっくりと一度瞬かせた。

「殺しは忘れろ。それから、メシを食え」

今度は数回。ジャレスの意外な言葉に反応し、戸惑いと興奮がないまぜになったようにパチパチと瞬く。

「夕飯はチリコンカンだ。豆が余ってるからな、大量に煮込んでしまわないと」

ジャレスは素っ気なく言い捨て、背を向けた。

キッチンへ向かうと、ルカが野良猫みたいに足音もなく、だが確かについてくる気配を感じた。

外した手枷と一緒に、ナイフを店の傷だらけの作業テーブルに置く微かな音を聞いた。

人は身一つでこの世に生まれ落ちてくる。

ルカもそうだった。

服も着ていないし、札束もナイフも握っちゃいない。産声を上げたときは、みんなと同じ。ただ、生み捨てられたのが市場の片隅だったということ以外は。

母親は市場で働いていたのか、夕飯の材料を求めてきた客だったのか。買い出しついでの廃棄かどうかなんて、今となってはもう誰にもわからない。聞いた話では、ルカはヘソの緒がついたまま、ぬかるんだ市場のゴミ捨て場で腐った肉や魚の臓物に埋もれていた。

ルカはツイていた。

絞められも埋められもせずに捨てられた。夜は群れでうろつく野犬の餌場にもなる場所で、耳も手足も齧られずにすんだ。拾われてすぐに、似たような境遇の子供と一緒に、ジャガイモの量り売りみたいに人身売買組織に売られても、臓器の一つも抜かれずに生き延びられた。

命は生まれたときからずっと空気のように軽い。

空気がなくては人は生きられないというから、そういう意味では空気よりも軽い。

量り売りで奴隷になったルカは、この世にあってもなくてもいい存在だった。幼いうちなんて、ろくに役にも立たないから余計にだ。

よく喋る奴は気に障るから殺される。太った奴はよく食いそうだから口減らしに殺される。整った容姿であれば殺されず、良い食事に良い服が与えられたりもしたけれど、気づけばどこかへいなくなっていた。

ルカも美少年になると期待されたものの、徒長した野菜みたいにひょろっと背が伸び過ぎてしまい、売れ残ってどこへも行かずにすんだ。

代わりに掃除が仕事になった。幼いうちは屋敷の床や窓の掃除をし、手先が器用になれば武器の手入れを任された。やがて敵対する組織の人間や裏切り者を片づけるのが仕事に変わった。

マッチョな髭男の用心棒はどこの組織でも飽和状態だ。ひょろっと伸びたわりに、いつまでも幼さを残したルカの顔立ちは、相手を油断させるのに都合がよかった。

身体能力は必要だ。

頭は悪いほうがいい。

喋る者、太る者、利口な者も殺される。

量り売りの仲間には賢い者もいた。マルコは義理に厚く口も堅く、組織の役に立つ人間だったけれど、『知りすぎている』とある日消された。街外れの荒地の、電柱より背の高い柱サボテンが彼の墓標になった。

殺し屋はワンタイムでなくてはならない。

すぐに忘れる。なにもかも忘れる。もの覚えのよくないルカは重宝され、いくつか転々と売られた先でも気に入られた。

――自分はツイている。

仰ぎ見る空は、ただ青い。

高くて、深い。

僅かばかりの雲が右から左へと形を変えながら流れるのを、今はただ眺めている。

殺し屋でなくなった不用品のルカは、今日も古道具屋の店先にぼんやり座っていた。売れるのを待つだけの仕事で、ビールケースの上の品の並びが決まっているように、入り口と反対側の端がルカの陳列場所だ。

東のほうでもやもやとしていた雲が、筋状に伸びきるように流れた頃、カウボーイハットを被ったジャレスが店の奥から現れ声をかけてきた。

「おい、市場に行くからついてこい」

ルカは頷く。

「荷物持ちくらいできるだろう。食材が倍いるようになったからな」

言いながら戸締りをし、歩き出したジャレスはもうなにも喋らない。ルカほどではないけれど、口数の少ない男だ。

店に居ついて一週間、古道具屋の主人であること以外はほとんど知らない。

ジャレスは飛び抜けて背が高い。仰ぎ見るほどの長身だ。足も長く、ゆったりとした歩みに見えて速いので、後に続くルカは時折小走りにならなければならなかった。

水鳥の雛(ひな)が後を追うように、パタパタと歩く。水鳥と違うのは、ジャレスは一度も自分のほうを振り返ろうとはしないところだ。

ジャレスはルカに関心がない。

いてもいなくても構わないのは、子供の頃と同じだ。どちらかといえばジャレスにとっては邪魔な存在であるのは理解しているけれど、ルカにとって好意を持たれるか否かは大きな問題ではなかった。

在庫処分で始末されないならそれでいい。

続く空はどこまでも青い。

丘上の教会の黄色い壁は日差しに眩しく輝き、隣の大木の緑は深い。

この街は歪なまでにどこもかしこも鮮やかだ。家々や商店の壁は色取り取りに塗られ、水色やピンクの車が馬の鼻音みたいな唸りを上げて走る。市場が近づけば、実際に馬も派手なペイントの荷車を引いて歩いていた。

平和な街でないのが嘘のように、市場は活気づいている。ジャレスに連れられたのは、端から端まで回れば生活に必要なものはすべて揃いそうな市場だった。

大きな市場だ。道端に品を広げた露店から、目を引く鮮やかなテントを張った店、アーケードの建物もあった。

なんでもある。どんな色もある。車や荷車の行き交う幅広の通りを、両目だけ落ち着きなく動かしながら、ジャレスに続いて横ぎろうとしたルカは「ヒッ」となった。

ルカが自発的に声を発するのは珍しい。

「……どうした？」

驚いたジャレスが、怪訝な顔で振り返る。

ルカは爪先立つようにして硬直していた。足元のコンクリートの路面に、赤いものがグチョリと潰れて広がっている。

「なんだ、トマトじゃないか」

ジャレスは拍子抜けした反応だ。

熟れたトマトが一つ。運搬中に、荷車や買い物カゴから落ちたのだろう。

ルカはトマトが苦手だ。味や食感ではなく、その色や形、切ると中からドロリとした物体が飛び出すのがなにより嫌いだった。

ルカにナイフの扱いを教えた組織の教育係の男は、殺しをトマトに喩えた。輪切りも櫛形切りも、料理人が熟れきったトマトをカットするように繊細に美しく完璧でなくてはならない。

実戦でミスをすれば、自分がざく切りになるだけだ。

ルカは今でも上手くトマトが切れない。なめした革製品を切るようにはいかず、どこを切ってもドロリとしたものが中から溢れてくる。

爪先立ったままトマトから逃げるように離れた。すぐ先で、ジャレスが蛇行して避けた路肩の障害物には目もくれず、跨ぐようにして後に続くとぼそりと言われた。

「イカれてるな」

路肩に転がっていたのは、男の遺体だった。

一般市民には見えない風貌は、組織のいざこざか、ならず者の小競り合いで撃たれたのだろう。血溜まりの色からして、まだ新鮮なようだ。

「ま、みんな似たようなもんだ。真っ当じゃ正気は保てない。トマトのほうが怖いのはおまえくらいだろうけどな」

誰も死体を気に留めない。

いや、気づいていても素知らぬふりで、通報したり片づけたりの面倒を背負いたくないというのが本音のようだ。

市場ではジャレスは主に生鮮食品を買い集め、ルカは荷物持ちの仕事をこなした。野菜にフルーツ、肉や魚。古道具屋よりそっちを始めたほうがいいんじゃないかと思える料理の腕前は、この数日だけでもわかった。

帰るとジャレスは再び店を開けたが、夕方までは数人の客がやってきただけだった。

店じまいをした主人は、これからが仕事とばかりに下ろしていた髪を結びなおし、夕飯の支度を始める。

キッチンのコンロには、すでに小鍋が載っていた。

「昼から煮込んでおいたからな。こっちはもう味を調えるだけだ」

ジャレスが蓋を開けた途端に、パッと胃袋を刺激する肉の匂いがした。

レードルで煮汁を掬い、さっと味をみた男は、傍らのラックのスパイスをいくつかリズムよく振って再び味をみる。すでに完成されているように見えても、手を加えずにいられない、フルーツにすらスパイスを振る食文化だ。

　じっと見ていると、視線に応えるようにジャレスは言った。

「カルニータだ。屋台のパストールには負けるけどな、こっちは家で作ってもいける」

　回転ロースト肉は道具からして家庭向きではないけれど、煮込みなら腕次第だ。

　ルカは目を瞬かせ、愛想に乏しい男の唇の端が心なしか笑った気がした。

「市場で食いたそうに鼻をヒクつかせてたろ。気づいてないとでも思ってたか？　冷蔵庫からエビを取り出せ。ビニールに入ったやつだ」

　顎で示され、コクコクと力強く頷く。

　エビは唐辛子をアクセントに炒め、そのままでも美味しいに違いないマリネを加えた。仕上げは香りづけのフランベだ。喉をカッとさせるのが仕事のようなテキーラが、フライパンの上では芸術めいた炎に変わる。

　顔色一つ変えずに食材を炎で包むジャレスの姿は、料理人というよりマジシャンだ。一度も奇術を間近で見たことのないルカは、子供のように目の色を変えて見入った。

　瞬く間に大皿に料理が盛られていくのもマジックだ。

　店の中央の傷だらけの作業テーブルが、賑やかな食卓へと変わる。主食のトルティーヤはバスケットで。冷めないように、店の壁色に似た珊瑚ピンクのクロスで包まれている。

キッチンのカウンターテーブルでは狭すぎ、自然と店の作業テーブルが二人の食事処になっていた。

相変わらず揃って口数は少なく、ジャレスも黙々と味わう。食事中の酒はだいたいテキーラのようだ。

ルカは勧められても酒は飲まなかった。遠慮ではなく、沁みついた習慣だ。アルコールは手元を狂わせる。

ジャレスにナイフを渡してしまっても、もう握ることがないとは思えない。ジャレスがどこに隠したかは把握している。よほどのことがない限り、ルカは取り出すつもりがないだけだった。

——そういえば、三日も触れないのは初めてだ。

「なんだ、もう食べないのか？　本当におまえは小食だな」

ルカは大皿の料理を一度よそったっきりだ。

腹が膨れたわけではない。これも大食や肥満は命を縮めると信じているがゆえの習慣で、疑問を覚えたこともなかった。

空の取り皿と、まだ半分も減っていない盛り皿を交互に見る。

眼差しになにを感じ取ったのか、これまで執拗に勧めることのなかった男が前のめりに長い腕を伸ばし、ルカの取り皿に勝手によそい始めた。

「もっと食え。残っても困る」

困惑しつつも、若い身体は正直だ。肉汁の溢れる料理のように、口の中に唾液が浮かんでくる。どれも美味なのも、一通り食べた後だけにわかっている。

「スープも残すと味が落ちるだけだ」

ルカは言われるままに頷く。うずら豆のスープは味もいいが、食器の『お椀』も軽くて使い心地がよかった。

店の売り物で、数日前まで棚に並んでいたものだ。『余分な食器はないから、自分用を好きに選べ』と言い渡された。

木製なのに黒く艶やかな、見たことのないスープボウルから目を離せなくなった。ひどく軽いけれど、プラスチックの質感とは違っていて温かみがある。ウルシという樹液が塗り重ねられているのだとか。

東洋の品だそうだ。

口当たりもよく、スープが飲みやすい。

視線を感じ、伏せた目を起こした。

人に「食え」と言うわりに、ジャレスのほうはもうすっかり手が止まり、酒ばかりチビチビと飲んでいる。

ストレートのテキーラをショットグラスで三杯飲み干したジャレスは、酔いが回ってきたようだ。普段は冷ややかに自分を見る青い眸が、陽光を浴びた泉(セノーテ)のように静かに揺らいでいる。今は体温を感じさせる双眸(そうぼう)。頬杖をついた男は、ルカと目が合っても気にせず見つめ返し、ふと思い当たったように尋ねた。

「おまえ、今まで何人殺した?」

ルカは手のひらを見つめ、少しの間黙り込んだ。問いへの戸惑いではなく、純粋にわからなかったからだ。

見つめたのは手というより指。十本しかなく、ルカは大きな数を上手く数えられない。数えても覚えていられない。

「……わからない。俺、数字は苦手だから」

ジャレスは頬杖をついたままだ。

『そうか』とだけ応え、繋がりはあるのか本題なのか切り出した。

「おまえをここに永遠に置くつもりはない。それはわかってるな?」

ルカは頷く。そのつもりで店先に毎日座っているけれど、売れそうもないだけだ。

「なにができる？　殺し以外でだ」

先読みして答えを封じられ、パチパチと慌ただしい瞬きをしたルカは、口真似(まね)の上手な鳥みたいに繰り返した。

「なにができる？」

「あ？」

「旦那は、俺になにができると思う？」

反対に問う。

重たそうにしていた目蓋を起こし、ジャレスは目を瞠らせた。

「そうだな……この辺で身元も明らかでないツテもない奴が稼ぐのは簡単じゃないのは確かだな。女なら手っ取り早く体で稼げたろうが、そのツルペタの胸じゃな……そっちの趣味の奴を相手にすればいいが……」

言いかけて、口を閉ざす。なにを思ったのか、その『そっちの趣味』の男を殺しかけてしまったせいか。

「殺さなければいいか？」

ルカの言葉には、唇の端だけの笑いが返った。

「簡単に言う奴ほどできないもんだ」

「……けど、旦那は俺に早く出て行ってほしいんだろ？　俺がなにか仕事ができないと、困るんじゃないのか？」

「はっ、まぁたしかに」

ジャレスはショットグラスの酒をちびりと飲み、ルカも真似るようにお椀のスープを少し飲んだ。

「とりあえず、その旦那ってのはやめろ。虫唾が走る。ジャレスだ」

「……ジャレス」

「そうだ」


この世界には地上にも空がある。

ページを捲ると、一面の青色が広がっていた。白い砂浜はグラビア写真にできた余白のように僅かに覗くだけで、目の前に広がる圧倒的な深い青。

見開きの眩しい海を、ルカは店の奥の薄暗いブックコーナーにしゃがみ込み、背中を丸め一心に見ていた。

ジャレスの古道具屋は、まるで小さな市場だ。生鮮食品は取り扱っていないけれど、それ以外の日用品はだいたいなんでもある。

所狭しと棚に並んだ雑貨、天井からモビールのように下がった、骨董のランプや金色の振り香炉。柱時計はボーンと銅鑼のような音を立て、南のほうのカラフルな織物を繋ぎ合わせたぬいぐるみは赤い目をしている。

異国の見たこともない品も無数にあり、中には不思議なものもあった。ビー玉の収まった薄緑色のジュースボトルなど、どうやって作るのかもわからない。『ラムネボトル。ヨーロッパ生まれの東洋の品だ』とジャレスが教えてくれた。

珍品を見慣れてもなお、ルカの関心を引き続けるのは本だ。ページを捲る度、新しい世界が飛び込んでくる。

文字の苦手なルカも、写真なら絵本のようにいくらでも見ていられる。

掃除の合間に、そっと開き見ていたルカは、背後に人の気配を感じてビクリとなった。

店先で昼寝をしているとばかり思っていたジャレスだ。

「ベリーズの海か……ああ、好きに読んでろ。べつに減るもんでもなし」

ぽすりとカウボーイハットが、ルカの黒髪の頭に被せられた。太陽の光を吸い集めたみたいに温かい。いつもどおり昼寝の目隠し代わりにしていたのだろう。

「海を見たこともないのか？」

棚の最上段の本を、脚立(きゃたつ)もなしにひょいひょいと手にしながら、ジャレスは問う。

「あるけど……触ったことはない」

「触る？」

「車から見えただけだったから」

ルカの遠出はいつも仕事に限られた。

便利な武器でも携帯するように連れていかれるのは、組織の取引や揉め事だ。ほとんどは夜で、ミスれば永遠に誰にも知られられることのない屍に変わるだけの陰鬱な場所だった。

「読むなら向こうで読め。こんなところにしゃがまれたら商売の邪魔だ」

今は店内に客はいないし、いたところでブックコーナーはいつも不人気だ。追い立てるジャレスは、広い作業テーブルの椅子を引き、ルカをつかせた。

目の前に置かれたのは東洋の写真集だ。

「スープボウルの国？」

「ああ、日本だ」

死蔵品で一度も開かれたことがないかのように硬いページを、ルカは捲った。

ほとんどは風景写真だ。ココとはなにもかもが違う。構造物の形も、自然の山の色も、景色に溶け込むように写り込んだ人の顔さえも。

街の色は乏しい。カラフルな壁の建物は一つもなく、代わりに山や森は地肌も覗かないほど豊かな緑に覆われている。

写真の脇に並んだ説明文らしき文字は一つも読めず、建物には背後からジャレスが「寺」「城」とぶっきらぼうな解説をくれたけれど、今一つ違いはわからない。

――大きいのが城なのか？

ふとページを捲る手が止まった。

白い砂に不思議な紋様の描かれた庭の写真だった。『枯』『山』『水』と、右の余白に記号のような文字が並んでいる。

「そいつはたぶん海だ」

「これが?」

「砂や岩を使って、庭に海洋を表現する文化らしい」

「海のない国なの?」

「海はどこにでもある。島国だからな」

「海があるのに砂で作るの?」

ルカはますます首を捻(ひね)った。

「理由までは知らん。おまえのほうが案外理解し合えたりするんじゃないか。日本人は刃物を好む」

べつにナイフが好きなわけではないけれど、ジャレスのほうを振り仰いだ。

「日本人っていうか、ジャパニーズマフィアだな。身の丈半分もある長い刃物を、腰に下げて武器にしてる。刀だ」

「カタナ……」

「剣の一種だ。刃の形状はナイフに近い。ミスった奴はそいつで自分の腹を割いたり、指を落としたりもするんだそうな」

「え、自分で?」

「日本人は責任感が強いって聞くしな、マフィアまでマジメな国なんだろうよ。俺ならそんなクソマジメをやる前に逃げ出すね。血を見るのは嫌いなんだ」

ジャレスは自らの言葉に眉を顰めた。

よほど苦手なのか。普段あまり表情を変えない男が、しかめっ面になる。

にわかに信じがたい話ながら、日本人が真面目というのは本当だろうと思った。

血腥さとは対極の真っ白な砂の海。写真に写し込まれた水のない海は、やけに静かに映る。岩の配置も砂模様も、明確な規則性があるようには感じられないのに、ピンと張り詰めた空気を感じるほどちゃんとしている。

完成された美しさ。

芸術など無縁のルカながら、引き込まれるようにページを捲った。

不思議な国だ。タイトルの前に添えられた地図は、確かに四方を海で囲まれている。四つの島から成るようだけれど、よく見れば砂粒みたいに小さな島もたくさんある。

ルカは島を指でなぞってみた。

地球上のどこかにある島国。ここへ辿りつけば、砂で海を作る理由も、腰に長大なナイフを下げる理由も、瓶にガラス玉を閉じ込める意味もわかるのかもしれない。

窓辺のラムネボトルは今日も売れる気配もなく、光を集めるサンキャッチャーのように薄青く輝いている。

「……行ってみたいな」

深い意味もなく漏らし、すぐさま否定された。

「行けるわけないだろ」

素っ気なく響いたジャレスの声。今の今まで調子よく応えていたのが嘘のように、冷ややかな反応だった。

「本当にあるかもわからないしな」

「……どういう意味？」

「そんな変な国、本当にあると思うか？　フィクションかもしれない。スクリーンの映画や、テレビの箱ん中みたいにな。一生この目で確かめることもない国なんて、この世にないのと同じだ。だいたいここだって、本当に存在するかもわからないしな」

ルカが首を傾（かし）げると、ジャレスはいつもの苛立ったような溜め息混じりで答える。

「ミノシエロ、天国に近い街だよ」

「……今、いる」

自分も、ジャレスも今ここに存在している。

頭が悪いから、ジャレスの言っていることがわからないのか。

ただ食い入るように男の顔を見つめ返した。

「おまえは本当に『いる』と思うか？　天国に近いってことは、あの世の入り口みたいなもんだろ？　もう片足突っ込んでるのかもしれない。案外、全身ぶっ込んでるのに嫌だとごねる奴が、死んだと自覚するまで滞在するのがこの街だったりしてな」

あの世とこの世の狭間。

呆然と仰ぎ見るルカの傍らに、ジャレスは荒っぽく手をついた。テーブルの天板のいくらかの傷を覆い隠すほど、大きくて指の長い手だ。

「存在を証明できるか？　おまえが生きている証拠はどこにある？　今日が昨日の続きだからか？　明日が今日に変わり続けてきたからか？　それとも、まだ死ぬほどの痛みを味わっていないからか？　痛みなんて感じなくすることもできる。ルカ、おまえならよく知ってるんじゃないのか？　ああそうだ、その方法だ」

まるで頭の中でも覗き込まれているかのようだ。

痛みに鈍くなる方法は早くに覚えた。そうでなければ、発狂していたかもしれない。

鈍感になれ、絶対に賢くなどなるな。

自分はツイている。いつ死んでもおかしくない人生なのに、いつのときも生き残ってきた。

あのときも、あのときも――そのはずで。

「でも、俺は……」

「安全に迎えられる朝なんてなかっただろう？　ベッドは子守唄を聞く場所なんかじゃない。寝ている間に誰かが寝首をかくかもしれないと、いつも尻のナイフを枕の下に潜ませて眠ったはずだ。銃を突きつけられたことは？　額に突きつけられたか？　口に突っ込まれたか？　その引き金は本当に引かれなかったのか？　おまえは、本当にまだ生きているのか？」

いつの間にか両脇を囲むようにテーブルに叩きつけられた手。逞しい腕よりも言葉に圧倒される。

いつも青く冷え冷えとしたジャレスの双眸が滾（たぎ）っていた。強い眼差しに射抜かれ、ルカはもう瞬きもできなかった。

返事をしたくともできない。瞬時に水分が蒸発させられたみたいに喉はカラカラで、喋りたいのに喋れないなんて初めての感覚だった。

「夕飯の準備をする。客が来たら言え」

ふっと重しを失（な）くしたバルーンが空へと舞い上がるように、男は店の奥へと片手をひらりと上げて歩き出す。

いつの間にか息も止めていたことに、ルカは気づいた。

最後に声を立てて笑ったのがいつだか、ジャレスは思い出せない。

ついでに、本気で声を荒らげるようなこともずっとなかったと、今更気づかされた。

眠る間際、本を開くのはジャレスの習慣だ。ベッドで枕を背凭れにして、眠気が訪れるまで一日の終わりに本を読む。文字がびっしりと並んだページは、傍らの小さなテーブルのシェードランプに照らされ、温かみのある色に染まっている。

さっきからページを捲る手は止まったままだった。まだ睡魔は遠いのに、内容がまるで頭に入ってこない。

昼間、あんなことを言った自分を悔いてでもいるのか。

午後の仕事中も夕飯の間も、ルカは押し黙っていた。普段からろくに喋らない男なのに、自分のせいだと感じるのは、言い過ぎたと後悔しているからに違いない。

「……ジャレス」

戸口で響いた呟くような声にハッとなる。

開きっぱなしのドアの間口、薄暗い二階の廊下にルカは心許なさげに立っていた。躊躇いに視線を揺らすような表情は、初めて見る。

「なんだ？　用があるなら入れ」

後悔など微塵も感じさせない声で言うと、ルカはいつもの足音のない歩みで入ってきた。

「あの質問の答えだけど。俺はやっぱり生きてると思う」

驚いた。べつに答えを求めて言ったわけではなかったけれど、真面目に考え続けていたらしい。猫より犬っぽい、ラテンより東洋人くさい男だなと時々思う。

「……どうしてそう思う？」

「死ぬのは嫌だから。だから、まだ生きてるんだろうと思う。俺は生きていたい」

抑揚に乏しい声ながら、真剣に言っているのは伝わってくる。

証（あかし）にはならない。生への執着が、あの世へ行くのを阻んでいると捉えることだってできる。ルカの答えが生者の証明になるとは思えなかったものの、元より正解なんて用意してもいない謎かけだ。

「ジャレス、だから教えてほしい」

「……なにを？」

「俺はこの街で生き延びたい。体売るしか方法がないんだったら、それをやる。どうやったらできる？　殺さないで寝るだけでいいのか？　女みたいにスカート穿（は）いたりしたらいいか？」

ベッドの端に膝を押しつけるほどにじり寄ってくるルカに、ジャレスは戸惑い、思わず身を引いた。

「教えろって言われても……セックスの経験もないのか？」

「それはある」

「男とも？」

「男しかない」

『ゲイなのか？』と問いかけ口を噤（つぐ）んだ。組織に囲われて殺し屋をやっていたような男が、倫理観など欠片もない連中の中で、何事もなく暮らせるはずがない。

「……やられるほうだけか?」

自ら望んだのでないなら、役割は大抵決まっている。

ルカはコクリと頷いた。

「けど、客を取ったことはないから」

「まぁ……売りで寝るのは違うか。ヤバイ奴は避けつつ金払いのいい常連を摑むとなると、それなりの房中術も必要になるかもな」

「ぼうちゅう……」

「中国四千年の歴史からくる秘技? 俺もよく知らん……ようはセックステクニックだ」

先へと進まなかった本を、ジャレスは諦めパタリと閉じた。

「基本くらいは協力してやるよ」

ルカは目を瞬かせた。自ら望んでおきながら、叶うと思っていなかったのか。

「服脱いでベッドで待ってろ」

一旦階下へ向かうジャレスは、明らかに戸惑っているルカのほうを振り返り、指差しつつ命じた。怖気づいて消えてくれるなら、それはそれでいい。

五分ほどして戻ると、与えている隣の部屋に引っ込むこともなく、ルカは言われたとおりに裸でベッドに腰かけていた。

「そんなしょげ返った犬みたいな顔で座られても、客はその気にならんだろう」

「どう待ったらいいか、わからなくて……寝転がったほうが？」

「とりあえず、売り物になるか見てやる」

ベッドに上がって膝立ちになるよう促す。

ジャレスはシェードランプの明かりの邪魔にならないよう、ナイトテーブルとは反対側の端に腰をかけ、冷静に値踏みするような眼差しを向けた。

背丈ばかり伸びた子供のように、少年っぽさを残した顔立ちの男だが、体つきもすらりとしている。

そのくせ、張り詰めたしなやかな筋肉。褐色の肌色も、引き締めて見せるには具合がいい。腰は女のコルセットででもきゅっと締めつけたみたいに小さく、浮き上がった左右の腰骨が僅かな動作にも蠢くのが妙に艶めかしくもある。

「……まぁ、無理に女装しなくても、ゲイなら金を出す奴もいるだろう」

そうは言っても、所在無げな顔をして両手をだらりと下げたルカの中心は、同じく下がって小さく萎んでいる。

「勃てて見せろ」

「えっ……」

感情表現はほとんど目つきですませる男が、狼狽えた声を上げた。

「売りは穴さえ貸せばすむってもんじゃないだろ。その気もない男をヒーヒー言わせたいだけの奴は、またあの風船野郎みたいなサドの変態だぞ」

「でも……」

「マスはかくだろ？」

「……時々」

「じゃあ、やれ」

躊躇いは恥じらっているわけではないらしく、ルカはおもむろに萎えた性器を摑んだ。

大きくも小さくもない。万人受けのしそうな標準サイズだ。やや鈍い反応が気になるものの、こんな状況でしょっぱなから勃つのは露出狂くらいのものだろう。

熱心に扱けば芯も通ってくる。反応のよくなった頃合いを見計らって命じた。

「手を放せ」

「え……」

「もういい。やめて乳首を弄れ」

「乳首って……」

「前を触らずに勃つようになるのが理想だな。まずは男を誘える体にならないと……そうだな、俺をその気にさせられれば充分だろう」

ルカは忙しなく瞬きを繰り返した。

「ジャレスもゲイなの？」

「違うから言ってる。だが、男とやったことがないわけじゃない。いいから早くしろ」

ルカが手を放した途端に、昂ぶりはやや勢いを失くしたように感じられた。

初めてとわかる手つきで触れ始めた胸元は、小指の先でも隠れそうなほど乳頭は小さく、乳輪も肌と大差ない色をしている。

「乳首を弄ったことは？」

「……ない」

「人に弄られたことも？」

「……ある……けど」

「感じたことはないか？　すぐに感度は上がらないだろうが……マスの続きでも考えながらしてろ、どうせ頭の中までは相手にわかりゃしない」

律儀に頷くルカは目を閉じた。薄い唇を嚙むように引き結んで、左右の指で膨れた粒を転がす。

「ああ、その調子だ、カリ首弄ってるとでも思えばいい。好きだろ？　先っぽは気持ちいいもんな……そう、しっかり可愛がってやれ」

萎えかけた性器が少しずつ勢いを取り戻す。上向くほどに、潤みだした先端が見て取れた。

「……後ろを向け」

思考が鈍ってしまったかのような、ぼうっとした眼差しで見つめ返すばかりの男に、ジャレスは言った。

「後ろを向いて、四つん這いになれ。商売道具になるか、そっちも見てやる」

もぞもぞとした動きでルカは方向転換し、ベッドに伏せた。

急にぎこちなさが増した。オナニーは披露できても、そっちは抵抗があるのか、膝立ちの姿勢から両手をついただけの硬いポーズだ。

「そんな犬っころみたいな恰好じゃ、客は喜ばないだろう。常連摑みたかったら、いやらしい恰好の一つもして煽れないとな」

「……ど、どうしたら……？」

困ったように背後を振り返り見るルカに、ジャレスは息遣いだけで笑う。

「そうだな、ここが……開いてよく見えるように尻を突き出せ」

すっと狭間を指の腹でなぞり上げる。

ルカは腰を高く掲げ、それでも足りていないとわかると、突っ伏すように上体をシーツに預けた。しなやかに背筋が反り返り、肉づきの薄い臀部だけが上を向く。

卑猥にすべてが露になった。健康的な肌色には日焼けも加わっているのか、普段外気に触れることもない道筋は色素が薄い。

淡い色。露骨な視線を浴び、きゅっと縮こまるアナルはなんともいやらしい。

男の尻など興味はないはずのジャレスも、不覚にもぞくりとなった。

「……使い込んだ感じはないな」

緩み切ってはおらず、たぶん中はバージン色のピンクだ。

ジャレスはベッドへ上がり、ナイトテーブルに置いたものを手にした。

階下にわざわざ取りに行ったボトルの蓋を開け、とろりと無色透明な液体を狭間に垂らす。

冷たかったようで、ヒッと身を竦(すく)ませてルカが振り返った。

「なっ、なに……」

「ただの潤滑用のローションだ。うちはなんでもあるからな。前にケースで買い取った。大っぴらに出してないんだが、口コミで広まってるのかマンネリ夫婦や若い女にも売れる」

若い女のほうは、『使い方を教えてほしい』なんて大胆な誘惑つきのこともある。

「なんで、俺にそんな……ものっ」

「痛い思いはしたくないだろう？　今までなにを使ってたんだ？」

「使うとか、なにも……」

「準備はナシか？　いきなり突っ込むってのは……」

ジャレスは息を飲んだ。

身を捩り背後を窺うルカの背が、柔らかなシェードランプの明かりに照らし出される。

背中をカンバスにしたかのような無数のラインが、肌に刻みつけるように走っていた。子供が闇雲に描き殴ったクレヨン跡みたいにも見える、盛り上がった傷跡。どれも古傷だ。

凹凸はほとんど感じられない。滑らかだ。手のひらを静かに這わせて、撫(な)でて確かめるとビクリと怯(おび)えたように無駄な肉のない体は震えた。

「……ジャレス？」

「おまえ、セックスで感じたこともないのか？」

ぎこちないのは羞恥心ではなく、無意識の恐怖心か。当のルカは惚(ほう)けたような抑揚のない口調で答える。

「……仕置きだって言われた」

「へぇ……それはセックスじゃないな」

肌は滑らかでも、心がざらつきを覚える。なにに苛立ったのか気づかぬ振りで、ジャレスはボトルを深く傾けた。

「……っ」

滴るほどにローションを垂らす。尻で受け止めきれずに溢れたとろみのある液体は、微かなラインの浮かんだ会陰から陰嚢(いんのう)まで狭間を辿り、ポタポタとシーツに染みまで作った。

中指と薬指。揃えた指を這わせる。

「逃げるな、じっとしてろ」

ビクついて引ける腰を許さず、掬い取るような動きでゆっくりとなぞり上げた。

「本気で怖いならやめとけ。市場で物乞いでもしたほうがマシだろ」

「……べつに、平気だ。なんともない」

べつにという反応ではない。

背中にムチ打たれるような暮らしで、セックスは仕置きの折檻。恐怖心を植えつけられて当然と思うも、ルカの口調からは感情が読み取れない。

並外れて我慢強いのか、すでに麻痺して無感情に陥っているのか。

――両方か。

「痛いのはナシだ。痛い思いをしないですむよう、仕込んでやるよ」

「痛みくらい慣れて……」

「商売にしたいなら、体を壊さないようにする工夫くらいしろ。一晩客が取れたらしばらく遊んで暮らせるような高級娼婦じゃないんだ。それに挿れるほうも、適度に滑りがあったほうが気持ちがいい」

「……わ、わかった」

「ゴムとローションは忘れるな。前戯をやりたがらない客なら、自分でケツに塗り込めろ。指三本は入るくらいまでここを拡げるんだ」

言葉にピクンと震える。本人の意思に反して入り口は怯えており、ジャレスは気づかぬ素振りでゆるゆると撫で摩った。

硬く閉じたがる窄まりを、ここに深い淵があると教え込むように、揃えた指の腹で摩擦する。

「大丈夫だ、力を抜いてろ。そう、ゆっくり息をついて……指一本なら、なにもなくても入るくらいだ」

思いのほか優しく響いた自分の声に、ぞっとする。シェードランプの淡い明かりも跳ね返すほど、たっぷりと垂らしたローションに狭間は濡れ光っている。

体液でもぐっしょりと溢れ返らせているみたいだ。指の腹でも背でも擽ったく刺激した。やがて無害と知って表の様子でも気になるみたいに、きつい口も綻んでくる。

和らいだ入り口の襞は、想像どおりの淡いピンク色だ。

「……膝を開いて、もっと力を抜くんだ。ここで男を頬張るイメージをしろ……たっぷりしゃぶって、可愛がってやれ」

ルカは命じられるままに、シーツの上の膝をじりじりと開いた。上体は突っ伏したままで表情は窺えないものの、シーツを手繰り寄せてきゅっと握る両手が見える。

「……っ……」

クチュッと軽い水音を立て、ジャレスは中指を沈み込ませた。

「息を止めるんじゃない」

浅い窪みに湛えていたローションを、奥へと送り込んでいく。

中は抵抗の一つもない。滑る指を食い留める術などなく、侵略のままに暴かれていく。

「……俺の指がわかるか？　もう根元まで入った」

ルカはコクコクと黒髪の頭を振った。

指一本でもわかるほど中は狭い。腰が小さく、男を慰めるにはきつすぎるようだが、いつまでも初々しさを保って見せるにはちょうどいいかもしれない。

「ルカ、動かすぞ」

クチクチと音を響かせた。長い指を出し入れする。深く穿たせ、ズッと勢いよく抜き出したかと思えば、ぬるりとまた濡れそぼった淵に飲み込ませる。

休みない抽挿の間に、そこを見つけ出すのは難しくもなかった。

指先を曲げる。やんわり内壁を抉ってやれば尻が一層浮き上がり、息遣いの激しくなるポイント。勇ましい男でも尻を振らずにはいられなくなる繊細なスポットだ。

「ここか？」

腹側の張り詰めた感触を、ジャレスは二本に挿入を増やした指でも確かめる。

「……な、なにっ？」

「前立腺だよ。弄ってもらったことは？」

「わか……らない、ない、かもっ……」

節張った長い二本の指に掻き回され、開かされたアナルは切なげに震える。いじらしく閉じようと抗うも、異物を阻めずにきゅっと何度も締めつけては、快楽に逆らえず弛緩する。

「自分で宛ててみせろ」

「……ジャレ…ス…っ……」

「こっからは自分でやれ。自分で尻を動かして、俺の指がイイところに当たるようにするんだ。さっきのところだ」

「そんなこと…っ……」

「客はおまえの恋人じゃないからな。テクニックにも施しにも期待はするな。自分で快感を得られるようにコントロールしろ」

混乱したような反応が返る。

「か、感じないと、売り、できない？」

「そのほうがおまえも楽だし、客だって盛り上がる。ココもいい具合に締まるしな」

「……ふっ……」

後ろで感じないわけではないのは、さっきから確認済みだった。一旦は萎みかけたルカの中心は、今はもう腰の下でしっかりと張り詰めている。

前立腺を中から弄られ、快感を得ている証だ。

ジャレスが指をじわりと抜き始めると、ルカは観念したように腰を動かした。

追いかけてくる。長い指を深く飲み込むように尻を突き出し、あの場所を刺激しようと前後に体を漕がせる。

悪戯(いたずら)に二本の指を中で開かせると、嫌がって左右に腰は揺れた。四方に淫らに振れ、奥の粘膜まで覗きそうにアナルを綻ばせる。

「……っ……」

ぎゅっとシーツを握り締めた手。くぐもる息遣いはリネンに吸い取られ、響くのは卑猥に湿った後ろの水音だけだ。

「ルカ、声を出してみろ」

シェードランプの明かりのせいか、潤みを帯びたように光る眸が、こちらを振り返り見る。

「……こ、声って……?」

「ポルノも観(み)たことがないのか?」

「グラビアなら……雑誌、昔、まっ、マルコにもらって」

「マルコって?」

「仲間だった……やつ」

「……まぁいい。とにかく喘(あえ)いでみせろ」

惚けているわけではないのがわかり、ジャレスのほうが困惑させられる。

「女みたいに客をその気にさせろ。色っぽい声を上げるんだ……『あっ』とか『うっ』とか、なんでもいい。自然と出るだろう」

口数の少ない男とはいえ、喋れないわけじゃない。

「ルカ」

せっつくように呼べば、自棄(やけ)にでもなったかと思うような声を上げ始めた。

「アーッ、ウーッ」

「……冗談だろ。俺を笑わせたいのか」

脱力して思わず指を抜きかけた。

ここまで付き合ったのだ。無駄にするわけにもいかないと再開するも、声のトーンはいっそ正確なほどにリズムも響きも変わらない。

「まるで話にならんな。だいたい、おまえに色気求めるほうが無理なのかもしれんが、これほど……」

「ジャレス……」

叱られた犬みたいな顔でまた振り返られても、もう呆れ顔しか返せない。

「普段喋らないから、そんなロボットにも劣る喘ぎしか出ないんだろ」

「喋るのは……苦手だから」

「なんでだ？　まぁ俺も人のことは言えないが……酒屋みたいに良(い)い歳(とし)してペラペラ喋りまくる奴もいるのに」

今にもやめてしまいそうな気配を感じ取ったのか、無防備な恰好のまま、ルカは訴えるように言った。

「俺は……生きたい」

「だから、今はそのために必要だって言ってんだ」

「わかった」

返事だけは素直だ。

「本当にわかってんのか」

イカせるよりも、尻でも軽く叩いてやりたい気分だったが、傷跡だらけの背中を見つめるジャレスはその気も失せた。どのみち初心者が後ろだけで達するはずもないと気を取り直し、前を握らせることにした。

「さぁ、続きだ」

鐘が鳴る。

銃声がパンパンとどこかの国の祭りの爆竹のように、今日も鳴る。

若い女の声が響いた。店先の壁に凭れ、足を組んで座ったジャレスは、顔を覆ったカウボーイハットの下でゆっくりと目を開く。

「やだ怖い」

暗がりの端にできた隙間から表の状況を窺うと、足を止めて籠の品を物色し始めた赤毛の男のシャツを、ロングウェーブの金髪女が引っ張るのが見えた。

「大丈夫、遠いよ。それよりこれ、土産にどう?」

のんな気な男は遠い雷のように言い、女に陶器のコースターを見せている。どうやらこの辺りでは珍しい平和なカップルの旅行者だ。

「嫌よそんなの、モニカにダサいって思われちゃう。ねぇ、それよりあのボトルアート素敵じゃない?　ちょっと見てくる」

金髪女はウエスタンファッションのベストのフリンジをひらつかせながら、弾む足取りで店の中へと入っていった。

窓越しのラムネボトルに引かれたらしい。ファンタスティックに収まったガラス玉を、飾り瓶と勘違いしたのだろう。

「ダサいかぁ、これ?」

「お兄さん」

コースターに未練を残した男の独り言に、ルカが立ち上がった。ジャレスとは反対側のビールケースに今日も座っていた。

「お兄さん、オススメ、あるよ?」

カタコトの外国人のようにぎこちないが、喋る努力を始めただけ一歩前進だ。

男娼への長そうな道程に、成り行きで付き合う羽目になって約半月。店番としてもどうにか使えそうになってきたかと安堵し、昼寝の続きに戻ろうとするジャレスは、続いた声にぎょっとなった。

「俺はどう？」

「えっ？」

「安いよ、千ペソ。お兄さんハンサム、まけとくね」

どこで覚えた客引きか、男はポカンとしている。

「はは……ミノシエロジョークか？　難易度高いな」

放っておくと、さらに冗談にもならないことを言い出しかねない。ジャレスは飛び起き、急に商売熱心な店主に変わらざるを得なくなった。

「コースターなら織物もいろいろある。彼女も気に入るんじゃないかな。焼き物より軽いし、種類も豊富でオススメだから中で見ていかないか？」

実際、色鮮やかな織物は小物を中心に土産に人気だ。潰れた店から買い取った新品で、色柄も豊富にある。

店内で合流した彼女も気に入り、家族から友達の分までまとめて買って行ってくれた。ラムネ瓶も忘れずに。玄関に飾るつもりらしいが、客が満足なら結果オーライだ。

問題は、空気の読めない男だった。

「おまえは馬鹿か、カップルに売り勧めてどうする」

「悪い人じゃなさそうだと思って」

　カップルを送り出したルカは、その場で始まった説教にも悪びれた様子はない。

「まぁ、目のつけどころは悪くないが……ああいう無害で金払いのよさそうな男を狙え。笑ったら目尻に皺のできるような奴がいいな。口だけで笑ってる奴はダメだ。信用するな」

「わかった」

　コクコクと頷くだけでなく、チェックのシャツの裾をまくり上げたルカは、尻ポケットからメモ帳とペンを取り出した。ナイフよりはマシな携帯品だ。

「わざわざメモを取るほどのことか？」

「俺、もの覚え悪いから」

「ふうん……まぁいいが」

　確かに読み書きも苦手のようだし、ものも常識も知らない男ながら、不思議と頭が悪そうには感じられなかった。

　作業机について、勉強でも始めるように書き込み始めた手元を、背後からそっと覗き込む。妙な生真面目さは、無茶苦茶な世界で生き延びてきただけのことはある。

「そこ、スペル間違ってる」

「あ……」

「CじゃなくてSだ」

書き直す姿をじっと見ていたジャレスは、ふっと思い立ったように裏の倉庫に向かった。ブックコーナーにも出していない本を、適当に選んで五、六冊持ってくる。

目の前にどさりと置かれ、驚いたルカがこちらを仰ぐ。

「この辺の本を読め。児童向けだから難しいことは書いてないし、たぶん単語も頭に入りやすい」

名作文学や地図絵本などだ。本屋じゃないのでシリーズの一部しかなかったりとバラバラながら役には立つだろう。

「部屋に持っていけ。どうせ売れずに倉庫に突っ込んでたような本だしな。おまえも一人で商売やるなら、もっと賢くならないと食いもんにされるだけだ」

「でも……」

「おまえ、数も弱くて計算も怪しいだろ。そっちは俺が教えてやる」

勢いで面倒見のいいことを言ってしまった。調子に乗せるかと思いきや、本の山を前にしたルカは困ったような反応だ。

テーブルの天板の傷へ視線を逸らし言う。

「頭は……よくならないほうがいい」

「え？」

「頭なんてよくても早死にするだけだ。マルコはそれで死んだ。余計なことを知れば殺される。

頭は、一度覚えたことを簡単に消せないから」

　ポツリポツリと言葉を探すように語る。

　ジャレスは目を瞠らせた。ルカの黒髪の頭を見つめたかと思うと片手で顔を覆い、ハッと噴き出すように笑い始めた。

「ジャレス？」

「そいつは真理だ。さてはおまえ、俺より賢いな」

　しばらく笑い続けてから、気を取り直したように積んだ本に手を置いた。

「けど、それはおまえのいた世界の話だ。今いるこっちじゃ、覚えていたほうがなにかと便利だし、長生きできる」

　ジャレスは祈りでも込めるように言った。

「ルカ、学習しろ」

　ルカは小さく頷いた。

　暗い夜のような色ながら澄んだ眸を揺らした。

「今日は雨が長いな」

　ふっと気を取られたように目を向けた窓は、カーテン越しの雨音が響き続けていた。

夕暮れ時のスコールは大抵短時間で上がるものだが、今夜は夕飯の後になってもまだ降り続いている。

夜も更けきり、いつもならとっくに店の明かりを落とす時刻。その夜は、一階の奥の小部屋にだけスタンドのランプを残した。

衣料品で溢れるスペースは、ほかにはブルーベルベットのロココ調の椅子が一つと大きな姿見が一つ。ジャレスは椅子に座っており、裸身のルカはカーペットの床に蹲るように腰を落としている。

顔はもうずっとジャレスの股間だ。

独り言めいた雨の呟きなど聞こえなかったかのように、黒いズボンの合わせ目から飛び出したイチモツを舐めしゃぶっており、ペチャペチャとした音が響く。

口淫を始めてどのくらいか。ジャレスのものは血管でも浮きそうなほど怒張し、さっきからルカの狭い口腔に包まれる度、悍馬のように跳ね上がっていた。

「……っ」

予期せぬ刺激が走り、息を飲む。

——随分上手くなった。

ギリギリのところで制御しているのは自分なのか、ルカなのか。

ルカは最初からフェラは下手でもなかったけれど、教えを請われて毎晩のように付き合ううち、今は商売女も顔負けの舌遣いだ。

「美味いか？　正直に言ってみろ」

細い顎に手を添え、張りのきつい亀頭を抜き出しながら問うと、揺れる眼差しが返った。

「……美味しくはない。変な味する、少ししょっぱいみたいな半端な……」

「はっ、正直だな。その半端なやつを、『美味くてしょうがない』『欲しくてたまんない』って顔してしゃぶってやれ」

再びゆっくりと飲み込ませる。

上顎のざらつきを先っぽで擦ってやりながら喉奥まで埋めると、ルカの眦に光るものがじわりと浮かんできた。気丈で表情の乏しい男だけに、ゾクゾクとくるものがある。

涸れた自分の中に、まだこんな欲望が蓄えられていたとは思いも寄らなかった。

「……いい顔じゃないか。喉の奥に当たると生理反応でどんな奴でも涙が出てくる」

「……う…っ……」

裸の身は隠すものがない。苦しそうにしながらも、被虐の悦びを覚えたかのように、ルカの手が中心で動いているのをジャレスは見逃さなかった。

咥えながら興奮し、自慰をしている。

「そっちもだいぶお楽しみだな」

ひくっと薄い肩先が弾む。

止まりそうになる手の動きを、肩から腕にかけて摩って促した。

「いいから、続けろ。萎えてたら客も気を削がれるからな……そう、勃たせるためじゃなく、早く欲しくて疼いてたまらずにやってるような振りをするんだ」

昂ぶりを頬張った顎も撫でてやる。唇の端から溢れた唾液を優しく拭う一方、突き上げるように下からもじっくりと腰を弾ませ、ジャレスは自身の快楽を追った。

じわじわと膨れていたルカの眦の粒が、頬へと伝い落ちる。蹂躙しつつも、無意識に「上手だ」「いいコだ」と褒め上げた。客にしては甘すぎる自覚はなかった。

深く喉奥まで迎え入れさせ、やがてとぷりとした精を叩きつける。

途端に熱い飛沫に噎せそうになるルカに、自身を抜きながら命じた。

「……飲め」

生理的な涙を零しながらも、嚥下に喉元の隆起が上下する。

「ん…っ……」

「手を止めるな。そのまま泣き顔で客を見つめて、マスは搔き続けろ……好きに動かしていい。括れが好きならカリ首の周りを弄れ、竿がいいなら上下にゆっくり動かせ……上に、下に……ああ、そうだ。おまえも気持ちよくなるのはいいが、イクなよ。イクのは尻に突っ込まれてからだ」

「……っ、ぅ……」

「ダメだ。我慢しろ、客がまたその気になるまで持たせるんだ……イったばかりで無理矢理突っ込まれたりしたくないだろう？」

「……ふ、っ……う」

ルカは頭を振った。硬く上向いた自身を右手で慰めながら、一方の左手はジャレスに添えたまま。

達したばかりの性器に、恭しいまでのキスをする。

しゃくりあげるような息遣い。懸命な薄い舌のひらめき。濡れそぼった幹にもの欲しげに唇を吸いつかせ、残滓を健気に舐め取っている男の頭を、ジャレスはまた自覚のないまま数回撫でた。

艶のある黒髪だ。さらりとしている。

「もういい、こっちに来い」

「ジャ…レス……」

「鏡のほうを向いて、俺に尻を向けるんだ」

身を反転させられた男の姿は、目の前の大きな姿見に映り込んでいた。椅子と同じく、ロココ調のアンティークなデザインが、金色に塗られた枠に施された鏡。

「ルカ、俺の足を跨いで腰を落とせ、そう……」

「……っ」

「これがなんだかわかるか？」

「……ゆ、指？」

「違う。客のイチモツだと思って咥えてみろ」

後ろに宛てがったのは、三本の指だ。ルカの肩口に顔を寄せたジャレスは、鏡の中でこちらを見ている男に色っぽく微笑みかけた。

「熱くて、太いやつだ」

洗脳するように告げる。

一度慣らしておいたアナルはまだ濡れている。さっきからイキたくて堪らず、射精のことでいっぱいいっぱいのルカの体は蕩けきったままだ。

セックスは折檻じゃないと、何度も上書きするように教え込んできた。優しく徹底的に、性感帯を弄られる悦びを教えてやり、奉仕でも感じて欲しがるように仕込んだ。

「……さぁ、ルカ」

唇を軽く噛み、濡れた眸を揺らしていた男が目蓋を落とす。

指先に圧迫を感じた。

「……ふっ…ぅ……」

落とされた腰に、柔らかになった窄まりが口を開ける。唇での口淫のように、三本の指をねっとりと包んで飲み込んでいく。

中はもう、男の硬い尻だったとは思えない熟れ具合だ。

鏡の中のルカは、ふるふると小さな頭を振り続けている。ただの指でももう、男を咥えているようにしか思えないのだろう。

「きついか?」

「……少し」

「痛みは?」

「な……ない……っ、ぃ……」

コリコリと以前より張りが強くなったように感じられる前立腺のところを弄ってやると、激しく身をくねらせ始めた。

「ふ…っ…う、ぅ……」

「前より感度が上がってるからな。堪らなく気持ちがいいだろう?」

ジャレスが端整な顔を近づけて前を覗き込むと、中が強くきゅうっとなった。

「……どうした?」

「なん…でもない」

「なんでもってことはないだろ。今、キツく締まった。前もヒクついて……ああ、もうとろとろじゃないか」

「……べつにっ」

頑なに否定する顔は赤い。スタンドのランプの明かりのせいだけでなく、ジャレスが頬を寄せ、高い鼻先が触れる距離で話しかける度に真っ赤に染まっていく。

褐色の肌でなければ、もっとわかりやすく映し出されたに違いない。

「なんだ、耳が弱いのか？　耳にキスをねだるのもいいな。客に甘えるのは悪くない」

ジャレスは微かに笑み、唇を耳元に押し当てた。ゆっくりと耳の形を感じ取るように這わせながら、三本の指を動かす。

軽く耳朶も食んでやると、ヒクンヒクンと鏡の真ん中でルカの性器は跳ね、透明な涙を滴らせ始めた。

「……もう手はダメだ。こっちで感じるんだ」

まだ一度も射精を許されていない性器に触れようとした手を、ジャレスは無情に払いのける。

ゆっくりとした動きで中を刺激する。焦らすような動きに、もどかしさもピークを迎えたルカは、渇望のあまり自ら尻を弾ませ始めた。

フッフッと獣のような息遣い。

「鏡を見ろ、どんな顔してる？」

「あ……い、いやらしい……顔」

「そうだ。ちゃんと見て、覚えとけよ？　いつでも、この顔をして見せるんだ」

「ん……うん……」

「……声は？」

背中を押すように耳に囁きかける。頃合いも完璧なつもりが、「アーアー」と、大げさなアメリカンポルノでもまずないほどの、いつもの興醒めする喘ぎを漏らし始める。

「発情期の野良猫のほうがもっといい声出すぞ」

ジャレスはただ苦笑いを零した。艶っぽいフェイクを習得させるのは、半ば諦めかけている。

「いっそ喋れない設定でいくか？」

軽い思いつきを言葉に変えると、鏡のルカと目が合った。

「喋れ、ない……？」

居ついた当初に比べれば、瞬きや頷き以外の返事の多くなった男は、最近はようやく口数も増えたところだ。

「……いや、ダメだ。今のはナシだ。そういうやり方じゃ……そう、長続きしないからな」

ジャレスは即座に否定した。

嫌だと感じた。ルカが話さなくなることを。

「ジャレス…っ……」

「ああ……このままイケそうか？」

「……まえ……前も」

腰が上下に揺れる度、痛々しいほどに張り詰めた性器は腹を打ちそうになっている。もういつ弾けてもおかしくないにもかかわらず、上手く達せられずにいる。

泣き濡れてカーペットへ先走りの雫を滴らせているものを、ジャレスはその手で包んだ。

「今日は俺がしてやる」

ピクピクと歓喜したように手の中で跳ねたものに、熱い吐息を漏らしてから、思い当たって続けた。

「……そうだ、客がしたがるようだったら、させてやるんだ。こんな風にな」

感じやすい亀頭から根元まで、大きな手のひらで擦ってやる。「アーアー」とヘタクソに啼く声を耳にするジャレスは、達したばかりの自身が再び激しく反応していることを自覚していた。

ルカは気づいていない。蕩けた粘膜が纏わりつくのを、穿った指の束に感じながら、ジャレスは上がりそうになる息を抑えた。

「……ジャレスっ」

吸いついてくる。ヘタクソなばかりの喘ぎに、あろうことか狂わされそうになっている。

「ジャレスっ……」

鏡の中で、快感に焦がされ身をくねらせるルカが名前を呼ぶ。

縋るものは、ほかにないとでもいうように。

「ジャレスっ、ジャレス……」

幾度もジャレスの名を呼び、蓄えた白濁をびゅっと噴き放った。

雲が流れていく。

空の深いところで、大きなアウェウェテの木のように聳(そび)えながら、薄い衣(ころも)のようにたなびきながら、東から西へと今日も流れていく。

海はところどころ陸地に阻まれているけれど、空を遮るものはない。あの雲の行く先には知らない世界が広がっている。

ジャレスはそんなものはないと、この目で確かめられないものはないのと同じだと言うけれど、ルカにはやっぱりあの写真の場所はちゃんと存在すると思えてならない。

ページを捲(めく)る度に知った世界のどこか。

——あの雲の流れ行く先に、きっと。

「坊やが書いたのかい？」

空を仰ぎつつ店先の籠に、クリップでカードを留めていると、老人に声をかけられた。

新しく入荷した品に値札をつけるようジャレスに頼まれ、ついでに商品名と説明文のカードを作った。

作り始めたのは、最初は覚えたての単語を確認するためだった。「好きにしていい」と言われ、シンプルに値段の数字だけだった札に手書きで商品名を添えた。

一目でわかるような品でも、名前があると客が目を留めた。さらに詳しい説明書きのカードを添えてみたところ、前よりずっと品物を手に取ってくれる人が増えた。

ルカの宣伝が上手だったわけではない。むしろ逆だ。拙い文章はスペルは正しくとも文脈がまだ怪しかったりで、首を傾げつつ謎ときのように読む人が増えた。

『文字の形が味わい深い』と褒めてくれた人もいたけれど、たどたどしさが抜けないだけだ。

そして、ついには子供の店番と勘違いした老人まで。髭の真っ白な杖をついた老人には、孫どころかひ孫ほどの年齢に見えるのだろう。

ルカがコクリと頷くと、「手伝いえらいねぇ」と言いながら店内をゆっくりと一回り。東洋の漆器を家族の分まで買ってくれた。『リヘロ！』とカードを添えていたものだ。体力の衰えた老人には『軽い！』は魅力的に映ったらしい。

店番のルカはレジ作業も一人ですませ、ややもたつきながら紙幣を数える間、レジカウンター越しの老人は「えらいねぇ」とまた言い、ニコニコ笑って待っていてくれた。

なんだか、鳩尾の辺りがもぞついて落ち着かなかった。落ち着かないけれど、嫌な感じはせず、ルカもぎこちなく微笑み返した。

見送りに表まで出る。

「グラシアス、アスタルエゴ！」

通りをぼちぼち歩き出した老人の背に、声をかけるつもりが、先によく通る陽気な声が上がった。

「って、なんで俺がだよな？」

ルカはビクリとなって開きかけの口を噤み、そちらを見る。

酒屋のフェルナンドがピンクの壁にもたれ、勝手に一服していた。左腕の聖母マリアが煙に巻かれている。

「すっかり古道具屋が板についてんな？　働き者だそうじゃないか、小僧。えらいえらい」

咥え煙草で近づいてきた男に頭を撫でられそうになり、ルカは思わず身を引いた。

「なんだよ、褒めてやってんのに。随分嫌われたもんだな？」

「フェル、おまえが最初に妙なちょっかい出すからだろう」

ハッとなって振り返ると、市場に出ていたジャレスが戻ったところだった。

通りを歩いてきた男は、カウボーイハットのつばの下で皮肉っぽく唇の端だけで笑う。

「声のデカい奴や、馴れ馴れしい奴は嫌われんだよ」

「犬猫かっ！」

「似たようなもんだろう」

犬猫扱いにもルカは反論はせず、ただ店先の二人のやりとりを見つめた。突っ立ってはいるけれど、まるでお座りをして主人の様子を窺い始めた犬だ。

フェルナンドは胡散臭げに見る。

「こいつは本当に喋るようになったのか？　俺はまだ『殺し』しか聞いてないんだが」

「喋るさ。おまえよりはずっと大人しいけどな。呼べば応えるし、トマトを見れば自分からヒンと鳴く」

「トマト？」

「なぁ？」とジャレスに声をかけられたルカは、コクコクと頷いた。

「喋ってないじゃねぇか！」

ジャレスはまた唇の端で笑い、叫ぶフェルナンドは短くなった煙草を靴裏で揉み消す。地団太を踏むような仕草だ。

店先に並んだビールケースの端にどっかり腰を下ろすと、気を取り直したように声のトーンを落とした。

「まぁどうでもいいけどな。朝から晩まで一つ屋根の下にいて、意思疎通ができないほうがヤバイだろ。店任せられるほど仲良くなっておめでとうさん」

「使えるもんは使うってだけだ。おまえが今尻に敷いてるそのビールケースと一緒だな」

「ケースまで売ったつもりはねぇよ。返せよ、ちゃんと」

「頼んでもない酒まで売りつけてる奴がよく言う」

ルカは交互に二人の顔を見た。話し好きでもないジャレスが、フェルナンドの言葉にはポンポンとリズムよく跳ね返すように答える。

一見小競り合いに見えても、二人は息の合った間柄に見えた。

フェルナンドは籠のカードのクリップを悪戯に摘まみながら、店先を見渡す。

「小僧のおかげで、ガラクタがだいぶ捌けてるみたいだな。商売繁盛でよかったじゃねぇか。俺の情報に感謝しろよ？　変態レイプ魔に売らずに取り戻せてよかっただろう？」

「べつに、商売なんて繁盛してもロクなことはないな。よからぬ連中に目をつけられるだけだ。だからこの店にはガラクタしかないし、本当に価値のあるものなんて置くつもりもない」

調子のいい男の反応が鈍った。

「……それはなにかの教訓か？」

ジャレスは僅かに肩を竦めただけだった。

「荷物を置いてくる」

茶色い紙袋をさっきから抱えたままだ。するっと店の奥へと入っていく主人を、ルカも当然のように追おうとしたものの、フェルナンドに引き留められた。

「ルカ」

強く名前を呼ばれ、またビクリとなる。

「店番はここにいろ」

そう言われると断れない。ひと月が過ぎても未だ用のないときの定位置へ、ルカは腰を下ろした。

てっきり暇潰しにからかわれるかと思いきや、フェルナンドは静かだった。

ペラペラと喋ったりもしない。火を点ける素振りもない煙草を口の端に咥え、日差しを吸い込んだような眩い色の頭を、ただ壁に擦りつけて預けた。

空を仰ぐ。

流れる雲に語るように言った。

「なぁ、ジャレスは優しいだろう?」


店に入ると、表に戻らずじまいのジャレスは奥のブックコーナーにいた。

本棚を見つめたまま、足音もなく背後に立ったルカに問う。

「あいつは?」

「帰ったよ」

「ふうん、どうせまた吸い殻も片づけないで帰ったんだろ。人の店を喫煙所代わりにしやがって」

ジャレスは変わらぬ調子だ。ルカの頭の中にだけ、今までと違うフェルナンドの横顔が残っていた。

「あの人は……ジャレスの友達なの？」

怪訝(けげん)そうな反応が返る。

「友達？　まさか」

「でも、親しい感じだから」

「親しくはないな。昔馴染(なじ)みってだけだ。あいつと俺は、ここに来る前に住んでた街が同じでな」

「どこ？」

「……西のほうだ」

ルカは街の名前に詳しくはない。地名を言われてもわからなかっただろうけれど、なにか曖昧に濁された気がしてならない。

でも、自分も昔のことはあまり話さない。

たくさんは覚えていないせいもある。

「そうだルカ、窓んとこがだいぶ空いてるから、倉庫から適当になにか持ってきて並べてくれ。置き物になりそうなやつ。目立つのがいいな」

「……わかった」

こちらを見ようとしない男にも、コクリと頷き倉庫に向かう。

仕事を与えられるのは純粋に嬉しかった。束の間でも役に立てる。居場所があると思える。

ジャレスの教えどおり、勉強をしてなにかを学べばできることが増えた。

それが、カードにヘタクソな説明文を書くような小さなことでも。

『えらいねぇ』

老人の客に包みを渡したときの満足そうな表情がふと思い起こされ、ルカはまた湧き起こる体のもぞつきに戸惑う。

胸元に手をやりながら向かった倉庫では、雑多な物の溢れる棚を見て回り、真っ赤なトサカの置き物を手に取った。

カラフルなペイントの木製の鶏だ。大小、二羽ある。白と黒の色違いの身に、赤や黄色の花畑のように華やぐ柄が施されており、寂しくなった窓辺も賑やかになる気がした。

格子窓は、この店のショーウインドウでもある。

鶏を並べていると、背後で声が響いた。

「オ・ガロ・デ・バルセロス」

いつの間にか来ていたジャレスに、ルカは驚いて振り返り見る。

「そいつの名前だ。バルセロスの雄鶏、ポルトガルの品だよ。幸運を呼ぶらしい」

「行ったことがあるの？」

「いや。海外はアメリカまでだ。あとは、そうだな……隣近所の国ぐらいか」

「でも、外国のものがたくさんある」

「ガラクタでも高めに買い取ってるからな。市場にないような品揃え(しなぞろえ)のほうが、珍しがって買う客もいる」

ジャレスは棚から魚の形のタイルアートを手に取り、鶏の近くに並べた。なにに使うものか想像もつかないけれど、同じポルトガルの品でイワシだと言う。

「長くやってればいろんなもんが流れ着いてくる。砂浜にゴミが上がるのと同じだ。波が運ぶか、人が運ぶかの違いだけでな」

「ゴミ……」

「誰かがいらなくなったものなんだから、ゴミだろうよ。うっかり落としただけかもしれない海の漂流物より、紛いもなくゴミだ」

「でも、拾われたらもうゴミじゃない？　欲しくて買ってもらえたら」

思わず出した強い声に、自ら驚く。

店先に置き捨てられた不用品。自分のことのように感じたのかもしれない。

ルカは真っすぐな眼差(まなざ)しで、背の高い男を仰いだ。

「そうだな」

ジャレスは否定しなかった。ぽすりと頭に落ちてきた手に少し驚きつつも、逃げることなく受け止める。

「そっちはもういいから、ちょっとあっちを手伝え。本棚を一つ増やすことにした。明日届くことになってる」

熱心に本棚を眺めていた理由。ブックコーナーへついて行くと、三方にUの字型に置かれた棚の一つの中身が移動のために出されていた。

二つを背中合わせに二列の棚を作る予定だと言うので、運ぶのを手伝う。

「おまえがジャンル分けに作ったカードを見て手に取る客も増えたからな。おかげで俺の読みかけの本まで売れちまった」

悪態めいた言葉ながら、新しい本棚まで購入するのは、販売意欲が上がったからだろう。

抜かれた本を並べ戻すルカは、本棚のあった位置に黄色いものが転がっているのに気づいた。

三センチほどの丸い石のような物体で、拾い上げてみれば軽い。

目も覚めるほどの鮮やかな黄色。白と黒のラインが渦を巻き、細い筆で描いたように入っている。螺旋（らせん）の中央には、果実みたいな深い色味のオレンジも。

「きれい……」

思わず声を上げるほど美しい。

「カタツムリの殻だな」

「えっ」

「コダママイマイ。ポリミタ・ピクタとも言ったか……そういえば昔、コレクターが持ち込んできて買い取った覚えがある。もう売れたと思ってたが、一つ落としてたんだろう」

カタツムリの殻を集めるなんてと思うも、収集家がいるのも納得の美しさだ。これが自然に生まれたものかと思えば、その鮮やかさに尚更引き込まれる。

うっとりと魅入られていると、ジャレスが言った。

「やるよ」

驚いて顔を上げる。

「気に入ったんだろう？　カードの駄賃だ」

「でも……」

ジャレスにはほかにも様々なものを与えてもらっている。食事も寝床も、本や衣類も。いつもジャレスは、『ただの売れ残りだ』とぶっきらぼうに言うけれど。

「どうした？　いらないのか？」

目を瞠らせて仰ぐだけになっていたルカは、慌てて首を振る。

美しい生き物の殻は、そっと握り締めると、ひんやりと冷たいのに不思議と温かな手触りだ。

「ありがとう、ジャレス」

礼を口にすれば、男の青い眸は逃げるようにするりと本棚へ戻る。

けれど、軽く頷いてくれた。

「ルカ、クルミを頼む」

夜は室内でも冷えを感じる気温ながら、夕飯の支度どきのキッチンはコンロの熱で温かい。鼻をヒクつかせたくなる匂いがもうもうとした湯気と共に立ち込め、ジャレスの揺らすフライパンからはこんがりと焼ける肉のジュウジュウとした音が上がる。

「刻めばいい？」

近頃はルカも多少はアシスタントもこなせるようになっていた。

「ああ、仕上げにナッツを振ると食感が面白くなる。クルミ割りは、そこの棚の引き出しにあるから……」

包丁一つあれば事足りる。

さっくりと殻ごと切ると、顎で棚を示そうとしていた男は息を飲んだ。

使い込まれた木製のまな板の上でクルミを一刀両断、ぱっかりと割れた殻からは脳みそみたいに歪(いびつ)な種子が顔を出す。

「……うちの包丁はそんなに切れ味はよくないはずなんだがな」

ジャレスにとってのマジックが、ルカには歯を磨くよりも当たり前の動作だ。

「トマト以外ならなんでも切れる」

「トマトこそ簡単だろう。櫛形切りも、ざく切りも。だいたいおまえ、食べるのは平気みたいじゃないか」

「ドロドロを出さないように切るのが難しい」

「ドロドロってゼリー状の部分のことか？」

「うん。昔、始末が面倒になるから中身はなるべく出さないように切れって言われて……トマトも自在に切れないような奴にロクな仕事はできないって、よく打たれた」

ジャレスが口を開きかけ、そして噤んだのを視界の端で感じた。

「……そうか」

ジャレスはただそれだけを言った。

「まぁ誰にでも苦手なものの一つくらいあるさ」

「ジャレスは、血を見るのが苦手だって」

「……まぁな。得意な奴も少ないだろうが」

隣で苦笑いが零れる。

キッチンの仕事も適材適所。スパイスを振る男と並び立ち、ルカはナッツを刻む。ついでにサラダのキュウリや玉ねぎも、スライサーを使うより速いので、包丁で手際よく薄切りにした。

ときどき、用もないのに隣を見る。

肉をひっくり返す男の手元とか横顔とか。ジャレスを盗み見るのはこのところルカの癖になっていて、何度見ようと同じ顔なのに不思議でならない。

どうしてだかわからない。

調理中に限らず食事中もだから、指示待ちで気になるというわけでもなさそうだ。

夕飯はいつもの店の作業テーブルで。レジカウンターの裏の棚にレコードプレイヤーがあると知ったのは、三週間ほど前だった。

ジャレスは気分がよくなると音楽を聴く。

最近は、ほとんど毎日聴いている。

だいたいジャズで、中でも好んでいる女性ボーカリストの名前がエラ・フィッツジェラルドというのは最近知った。ジャケットを見ても英語の名前が上手く読めずにいると、ジャレスが教えてくれた。

バラードのピアノ演奏に乗ったメロウな歌声。作業テーブルに片肘をつき、円熟した歌の響きに聴き入るジャレスは、ショットグラスの酒をゆっくりと味わっている。

フラットカットのグラスの中を泳ぐように揺れる琥珀色の液体は、どうやらテキーラではなさそうだ。傍らの見たこともないボトルは『酒屋が勝手に置いていく』と話していた酒だろう。

ルカは食事の手を動かしながらも、並んだ皿よりもその先の男を見ていた。

ほどけ気味の一つ結びの髪。夜の室内では、ジャレスの緩い癖のあるダークブラウンの髪は一層暗い色に映る。長い前髪を掻き上げる気だるい仕草を目にすると、アルコールも入っていない体が火照ったように熱くなった。

——なんで。

「なんでさっきから俺を見てる?」

飛び上がりそうにビクつく。

実際は少し背筋が伸びただけながら、ルカは言葉を失った。

ただ首を横に振った。言いたいことがあるなら、言えない理由は、言葉にできない。

「見てるだろう。言いたいことがあるなら、言え」

「じゃ、ジャレスは……」

「なんだ? 早く言え」

「ジャレスは……なんで一人なの?」

テーブル越しの青い眸は瞠目する。そんな言葉が飛び出すとは思ってもみなかったらしい。

「はっ、なにを言い出すかと思えばイヤミか? おまえだって一人だろう?」

「そうだけど、ジャレスは……なんで?」

「面倒だからな。独りは気楽でいい。必要なだけ稼いで、食いたい飯を作って、気分次第で音楽を聴く。サプライズは予定外の酒が紛れ込むくらいで充分だ。なかなかいい暮らしだろう?」

小さなグラスの縁に唇を押し当てた男は、皮肉っぽく笑う。

「……そうかな」

ルカにはわからなかった。

わからなくなった。

自分も確かにずっと一人だ。自由はあまりなかったけれど、どこの屋敷にいても、いくら組織の人間に囲まれようと一人に違いない。

街で見かける家族は、顔の似通った奇妙なグループに見えた。カップルも、同じ年頃の学生たちも、みんな奇妙な生き物の群れ。ここにあるのに、ここにはないみたいだった。

羨んだことはない。写真集のどこかの国の青い海よりも、その群れは目の前にいるのに現実感は乏しく、ここにないものは欲しいとも思えなかった。

でも、今は――

今は誰かといるのは悪くない気がする。


「ジャレス」

深夜、シャワーを浴びて二階に上がったルカは、ジャレスの寝室の戸口で戸惑った。

なんとなく成り立っている暗黙の了解は、部屋のドアが開いていて、本を読むジャレスと目が合ったら練習に付き合ってくれる日。本に夢中なのか顔を起こしてくれなかったらまた今度。

そのどちらでもなかった。

ベッドにいるジャレスは横になっていた。布団は被らず、明かりを点けたまま。枕元に本があるところを見ると、読んでいるうちに寝てしまったに違いない。

こんなことは初めてだ。普通に考えて今夜はナシなのだろうけれど、いつもは三日に上げずの練習で、すっかりそのつもりでいた。

食事の際に上がった体温もいつまでも冷めず、シャワーも念入りに浴びた。

「えっと……風邪ひくよ?」

そろりと近づき、声をかけてみても返事はない。

諦めて引き返すよりも、『ちょっとだけ』という思いが芽生えた。眠っていたらダメだと言われたわけじゃない……なんて、自分らしくもない屁理屈。

少しの間、隣に並ぶだけのつもりだった。

室内履きの靴を脱ぎ、ベッドへ上がる。微かな揺れにも目を覚まさず横になった男は、こちらを向いている。ゴムで結んでおらず顔にかかった髪は、先に浴びたシャワーでまだ湿っているように見えた。

短髪ほどすぐには乾かないのだろう。

冷たくなってやしないか気になりつつも、勝手に確かめるのは躊躇われる。

なのに見つめていると、どんどん触れてみたくて堪らなくなった。

誰かに触りたいなんて気持ちは初めてだ。

枕もない隣に身を小さくしつつ横になったルカはただじっと、目蓋を落とした男の顔を眺める。

布団を被らなくとも、部屋はそれほど寒くはない。部屋の隅に小さなストーブがある。ルカが裸で一度クシャミをしたら、次の夜から置かれるようになった。

ストーブなんて、朝は霜の降りる乾季の真っただ中ですら、ルカはこれまで与えられたことはない。

『なぁ、ジャレスは優しいだろう？』

昼間のフェルナンドの言葉が、ふっと蘇る。

咄嗟に頷くのも忘れてしまったけれど、問われなくともルカにもとうにわかっていた。

ジャレスは優しい。

今まで出会った誰よりも——ジャレスは、優しい。

呪文みたいに頭で何度も繰り返すうち、堪えきれなくなったようにルカは自身に触れた。触れられない男の代わりに、カットソーの内へと裾から手を忍ばせる。

探すまでもなく、指先の辿り着いた胸元の膨らみ。小さな粒は指の腹で摩り始めると、すぐにもう尖ってくる。

目蓋を落としたままの男の顔を、食い入るように見つめた。ジャレスの白い肌。目蓋の向こぐあの青い眸。

うの青い色。洞窟の泉のように冷たいかと思えば、日差しを浴びた海の波間のようにも揺ら

人の美しさについてあまり考えたこともなかったけれど、ジャレスが並外れた容姿なのは店にくる女性客の様子から理解した。

――ジャレスはハンサムで、優しい。

最近、自分は変だ。

セックスの練習の合間に、顔を近づけられたり唇が耳元を掠めると体温が上がる。熱っぽくなるだけでなく、勃起したものがキックなったり、後ろも締めつけてしまったりで――それをジャレスに指摘されると泣きたいような衝動に駆られる。

こんなことは初めてだ。

そもそも、もうずっと泣いたこともなかったのに。

自分は、本当にどこかがおかしくなってしまったのか。

「……っ……」

思わず強く乳首を摩り上げてしまい、ビクンと体が揺れる。やんわり転がすように弄るうち、じわりとした変化を腰の中心に覚えていた。

柔らかなコットンパンツを、上向こうとする性器が下着ごと押し上げる。

最初に教えられたとおり、もう胸を弄るだけでも勃起できるようになった。最中はなにを考

えてもいいと言われたけれど、どこを触っていてもこのところずっと考えるのはジャレスのことだけだ。

下腹部がうずうずする。服の膨らみの下はぐずつき、貼りつくほどに下着を濡らし始めたのがわかる。ピクピクするだけでも、布が擦れて辛い。

――ジャレス。

暑くなったかのようにシャツをたくし上げたルカは、我慢できずにパンツを下着と一緒くたに腿までずり下ろした。泣き濡れた性器は右手に包まれて満足するどころか、強い快楽を求め始める。

「……うっ……」

細かく震えるように頭を振って、両手を動かす。先走りの鳴る微かな音にも気づかず、夢中になって右手を上下させれば、ルカの唇は綻び、目蓋は逆に閉じていった。

気持ちいいのに切ない。なにかが足りなくて、もう一度ジャレスの寝顔を見ようと目を開け、ルカの身は軽く跳ねた。

「……やめるな、続けろ」

淫らな姿を映し込んだ青い双眸。いつの間にか起きていた男は、鼓膜を震わすような低い声で問う。

「待ちきれずにおっぱじめていたのか？」

ルカは素直に頷く。コクコクと頭を振って、止めかけた手の動きを再開すると、ジャレスは叱咤するでも蔑むでもなくそれを見ていた。

勝手にベッドに上がっても、怒ってはいないようだ。ジャレスに許されたと思うだけで、体のどこかが震える。視線が、ひどく熱く感じられる。

「……ジャレス」

短い吐息混じりに名前も呼んだ。

潤んだ先っぽをクチュクチュと弄りながら、男のほうへそろりと手を伸ばした。

ヘンリーネックのカットソーの下の体。締まった腹から腰へ、手のひらに伝わる布越しの熱。触れてもなにも言われず、服の上から探ったジャレスのものも反応の兆しがあることにドキドキして、嬉しくなった。

自慰を晒すだけでは足りずに、ジャレスの昂ぶりにも手を這わせる。

叱られるのを恐れてか、もう目を合わせていられない。ルカはベッドの上を無言で這い、身を丸めた。

ジャレスのパンツの穿き口をずらすと、飛び出させたものに唇を当てた。

滑らかな感触。ぞろりと舐めて、唇で包んで。先端の嵩が大きいのはもう知っている。変な味もするし口に入れたら苦しくて、深くしたら涙が出るほどどきついのに、そうせずにはいられなかった。

「……ふ…っ……ぅ……」

飲み込んでいく間にも、雄々しい昂ぶりは張りを増した。ひと月ほどかけて覚えた舌遣いは、『娼婦顔負けになってきたな』とジャレスに褒めてもらったこともある。嬉しかった。

興奮にはち切れそうになった自身を、右手で激しく慰める。

――あと少しで。

そう思ったところで、ぐいと頭を押しやられた。いっぱいに頬張っていたものをずるりと抜き出され、涙を滲ませた両目を瞬かせる。

「ジャレ……」

仰ぎ見た男の顔はいつになく険しく感じられた。

気持ちよくなかったんだろうか。もしかしてもう飽きてしまったとか――思い浮かべるだけで冷やりとなる疑問に、身を強張らせていると、服を脱いでベッドの足側に頭を向けるよう言われた。

「……ルカ、俯せに」

最初の日と同じようにするのだと思った。

言われるままに四つん這いになろうとしたルカは、背中を押さえつけられ、突っ伏すように寝そべった。

「……っ……」

予期せぬ感触にヒッとなる。ジャレスが細い身に覆い被さるようにして触れたのは、背中に走る古い傷だった。

「……なに？」

ルカは狼狽える。押し当てられたのが唇だとわかり、ますます混乱した。今はもう鏡でも確認することのない、かつて鞭打たれた醜い傷跡。

「ジャレス…っ…なに、して……」

柔らかに辿る感触は、まるでなにか植えつけられてでもいるようだ。一つ一つ、濡れた舌先でもなぞられる。

嫌ではなかった。触れる男の唇に、ぞくんとした感覚が幾度も背筋を駆け下りた。身を軋ませるような、下腹部へ寄り集まっていくような重たい震え。

疼きへと変わる。

唇は背中から腰へ。ウエストの辺りからは、背骨のラインを辿って臀部へと。

「……レスっ……」

肉の薄い丸みは両手でも撫で摩られ、ゆっくりと手触りでも確かめるような動きに、ルカは声を震わせた。

大きな手に掬い上げられるように包まれると、自然と腰が浮く。そこにも口づけが欲しいとねだるように、もじつく尻だけを浮かせてしまい、頭も顔も熱くなる。

恥ずかしいという感情を、ルカはこれまであまり知らなかった。初めの頃に覚えた恐怖は微塵もなく、ただ代わりに膨れ上がる羞恥にもみくちゃになる。

ジャレスはそこへもキスをした。

見つめられるのも普通ではない場所で、唇や濡れた舌を感じる。

「……や……」

舌先がつぷっと差し込まれ、ルカは微かな声を漏らした。『嫌だ』『ダメだ』という自分の思いすら裏切るように体が熱を帯び、上向けた腰は歓喜したみたいに揺れる。

ねっとりとした舌の動きに、解けていくのを感じた。チュクチュクと出し入れされると、シーツに擦り寄せた頬が熱く火照り、リネンの布が涙やそれ以外の体液に濡れていくのも。

「……開いてきた」

「ふっ……」

「ルカ、わかるか？」

「……んっ、ん……ぁ……」

いつになく強い反応を示し、鼻にかかった声ともつかない音を響かせたルカに、ジャレスが息を飲む。

「ああ……ヒクヒクどころか、ぱっくりだ……いつから一人で楽しんでた？　もうここに太いのが欲しいんだろう？　ほら、指の先くらいは抵抗なしに入る」

「……ふっ……ひ…ぁっ……」

緩み切った口に、引っかけるように指先を入れられただけで、ルカは激しく身を捩った。

「やっ、や…ぁっ……」

ほんの第一関節までくらいだ。急にジタバタとした抵抗を示すルカは、ベッドの上を這いずるように逃げてからハッと我に返る。

足で軽く蹴られたジャレスが、驚いた顔で見ていた。

「あ……」

「ルカっ……どうした？」

「ご……めんなさい」

「……なんだ、痛かったのか？」

首を横に振った。

「感じすぎたか？」

少し迷ってから頷く。

ジャレスに嘘は言えない。どうして本当のことを言うのを躊躇うのか、わからない。

「……おいで、続きを」

手招くような男の声が優しく感じられて、また泣きたくなる。体も気持ちも、大きく針が振れるみたいに変化する。

全部、初めてだ。こんなことは。

ジャレスといると、今までになかったことばかりで。

「ルカ」

もう一度尻を掲げて、四つん這いで後ろを慣らしてもらった。すぐに体はまた馬鹿になった。感じすぎておかしくなる。両腕で上体を支えていられなくなり、シーツに肩を落とした。

重たいコンテナボックスも一抱えにできるほどの筋力も、ベッドの上では役に立たない。

ジャレスの前では、もう――

「……う……」

嚙み締めた唇が震える。長い指がぬるっと入り込んでくるのは、ローションを纏っているからなのか、そこがもうろくに締まりを失っているせいか。

指先があの場所を掠めただけで、腰がヒクンヒクンと幾度も跳ねるように揺れた。二本に指を増やされたらもう駄目で、ルカは腹を打つほど育った自身の性器の根元をぎゅっと摑んだ。

「……あっ……」

客が挿れるまで、射精はナシ。ジャレスに何度もそう教え込まれた。

「……う、ぁ……ふっ……」

体が暴れ出しそうなほどに感じながらも、言いつけを守ろうと、硬く張り詰めたものを必死で握り込む。熱っぽく荒い息をシーツに吸い取らせても、快感は止めどなく湧いてきて我慢できない。

「……もう……だめ、も…っ……」

「……ルカ？」

「もうっ……俺、ぁ…っ……もう、いく……もっ、イキた…い…っ……」

しゃくり上げるような声が、切れ切れに零れ始める。

「……手を放してみろ」

「んん…っ……やっ、やめ……」

「いいから」

「だめ、できな…っ……もっ、出る…っ……」

「我慢しなくていい。出してみろ」

トンと背中を押すように唆す、艶のある男の声。クチュクチュと奥まで掻き回していた指に、あの場所を逃さず捏ねられ、ルカは迸るような声を上げた。

「……ぁっ……あっ、あぁ…んっ……」

限界だった。びゅっと叩きつける勢いで、白濁が噴き零れる。

「あっ……あっ……」

一度揺れ出した腰は止まらず、異性とのセックスの経験もないのに、淫らな腰づかいでルカはすべてを解き放った。

深い官能に満たされた体は、ベッドへ崩れ落ち、ルカはジャレスの興奮を目にした。さっきまでキスをしていたものも、眼差しも。

「……気持ちよかったか？　驚きだな、急にいい声出せるようになったじゃないか」

からかうように言いながらも、熱っぽい。

「……ジャレス」

自分がなにを欲しているのかを、ルカはその瞬間はっきりと理解した。ジャレスも、自分にそうしたいのだということも。

ルカが手を出すまでもなく、ジャレスは自ら服を脱ぎ捨て、覆い被さってきた。

「あ……」

両足を畳むようにして大きく開かれる。腰が浮いたと思った瞬間、それがグチュリと音の立つほどの勢いで沈み込んできた。ゆっくりと垂れ落ちていた残滓が、ルカの萎みかけの性器から小さく噴いて零れる。

「……んっ、あ……まだ……」

達したばかりで客に挿れられるのは嫌だろうと、ジャレスは言っていた。意味がわかったような、違うような気がした。

「や…っ……」

射精できつく収縮した中が開かれる。ひどく感じやすくなった内壁が、逞しく長大なものに奥まで擦られ、硬くしこりのように張ったあの場所を押し上げられる。

「……あっ、い…ぁっ」

半ば強制的にまた昂らされて辛い。

辛いけれど、ジャレスが相手だからだと思った。知らない客ではきっと、絶対にならない。

「……ぁっ、あっ……」

透明な先走りに変わった雫が、腹へと飛び散る。

「そこ、や…ぁっ……いや、もっ……」

「どうしてだ？　気持ちいいだろう？」

「や……いや、嫌…だ、そこは…っ……もう……」

「……イクのが止まらなくなるか？　そこって、どこだ？」

「あ……ぁっ……せんっ、前立、腺の……とこっ……」

「ちゃんと覚えてるじゃないか」

ふっと笑う男に、褒美のように頭を片手で撫でられ、嵌まり込んだままのものが軽く揺れ、ルカは啜り喘ぐ。

「ひ…ぁっ……あ、んんっ……」

ジャレスが出入りする度、感じやすく育てられた場所が擦れる。

深く、浅く。しゃくり上げるのは声だけでなく、涙も溢れた。感じすぎて嫌だと言葉にしても、ジャレスは許してはくれず、ベッドへ膝頭がつきそうに腰を抱えられ、奥まで穿たれてルカはまた達した。

「……ぁっ、あぁ…っ……」

ヒクヒクと射精に震える体を抱きしめられる。

先週まではそこだけではイクこともままならなかったのに。ジャレスがひどく優しく抱くせいでおかしくなる。

ただの練習、客の真似事をしているとは思えなかった。

抱かれているような気がしてならない。

まるで愛し合う者同士のセックスみたいに――

「ジャレス…っ……」

肌が触れ合う。ぶつかり合うところが、重なり合うところが。覆い被さる男の長い髪が、頬や首筋を掠めるだけで、甘い愛撫のように肌が震えた。

ルカは細い腕を掲げ、絡みつかせるように両手を男の首に回した。強く引き寄せる。しがみついて顔を擦り寄せれば、自分の頬がひどく熱くなっているのを感じる。

湿ったジャレスの髪が少しくらい冷たくとも、熱を冷ます役には立たない。

「……気持ちいいか？」

「ん…っ、ん……あ、また…っ……」

「また、きそうか？　すっかりメスだな」

　言葉に反し、耳元を這う唇はひどく優しい。

　ルカはしゃくり上げた。ふっと痛みもないのに恐れを覚えた。気持ちいいのに怖いなんて、わけがわからない。

　怖いのはジャレスじゃない。

　怖いのは、知らない自分だ。

「……ぁっ、あっ……イク、また…っ……ジャ…レス…っ……俺、また…っ……イっちゃ…ぅ……」

　青い眸。シェードランプの仄かな橙色の明かりの中で揺らぐ海。そこへは行きたくとも行けない。

　ただ揺らされる。

「……ルカ」

　名前を呼ばれて目を閉じた。目蓋の裏で波間を感じ、ジャレスを感じ、身の奥に放出される太陽みたいな熱を受け止めた。

「……ぁっ……ぁ……ジャレ…っ……」

　感じすぎてもう細い声しか出ないのに、必死で名前を呼ぼうとする。最後まで呼ぶことは叶わなかった。

熱い吐息と共に降りてきた唇が重なり、強く押し合わさった。

◇　◇　◇

その白い砂浜は、世界中のどの砂浜よりも白いんじゃないかと思えるほどに眩しかった。

真っ白い砂のビーチは永遠と見紛うほどどこまでも続き、カリビアンブルーの穏やかな遠浅の海も残りの視界のすべてを満たすほどに広い。まるで空を幾重にも映し込んだような、青きカリブの宝石。

「ジャレス、沖へ出てみたいわ」

声に振り返る。

砂に残した足跡を彼女が辿りながら歩いていた。歩幅の違いに苦戦する足取りはヘタクソなスキップのようで、長いブルネットの髪が眩しく揺れる。

「この先に地球の目があるんでしょう？　潜ってみたくない？」

「グレートブルーホールか。酸素を背負ってまで海に潜るなんて、正気の沙汰じゃないな」

「あら、意外に臆病者なのね。ジャレス・マルティーニ」

どこか悪戯っぽく彼女は言った。

ジャレスは困ったように笑う。

「今頃気がついたのか？　臆病者だよ、俺は。血を見るのは嫌いだし、息のできないところも怖いし、足の着くところより先には行けない」

「どこへも泳ぎだせないじゃないの。いいわ、手を繋いでてあげる」

笑いながらも、彼女は手を差し出した。

「さぁ、行きましょう」と勇気づけるように言って、真新しい足跡を砂浜に残しながら先を行く。ジャレスも誰も、まだ歩いていない砂の上を導く。

伸ばされた白い手。日差しに包まれた細い指。ジャレスは自らも手を伸ばし、強く握り締めようとしてビクリとなった。

酷く冷たい指だ。

太陽にも海辺にもまるでそぐわないほど冷たい。氷のような感触。違和感は瞬く間に広がる糸のほつれのように、視界から青も白も、色という色を解き去った。

消える。

「あ……」

ぶるっと身を震わせ、反射で枕から頭をもたげたジャレスは、部屋の隅でストーブの炎が消えかかっているのに気がついた。

石壁と板床、両開きの格子窓の見慣れた寝室だ。珍しいものと言えば、傍らの身を丸め気味にした男の体くらいだった。

ナイトテーブルのランプは点いたままで、隣で眠るルカの顔はよく見える。

警戒心はどうしたのかと思うほど無防備だ。よほど疲れたのだろう。セックスの間中、ほとんどイキっぱなしで啼いていたのだから、ぐったりするのも当然か。

――あるいは、警戒するに値しない人間に自分が変わったのか。

その考えは自嘲しかない。歓迎すべき事態でもない。セックスの真似事は自立の後押しにすぎず、本当にするつもりなど微塵もなかった。

真似事のはずが手を出してしまった。

すっかり目が覚め、ベッドの上の身をずり上がらせたジャレスは、枕に片肘をついた。軽い揺れにルカは身じろぐも、そのまま額を胸元に押しつけてきて、また眠りにつく。

張りのある短い黒髪が肌に触れるのが、微かにこそばゆい。

『犬みたいだな』と思った。

最初から、犬みたいだと思っていた。

同じ犬でも、自分の抱く思いが違ってしまっていることに、気づかない振りをするのが今は困難だ。夜の静けさが運んでくるのは、耳を澄まさずとも聞こえる遠い音だけじゃない。

ルカの肩まで包むよう布団を引き寄せたジャレスは、その手のやり場に迷い、軽く宙に彷徨わせた。淡いオレンジ色の明かりの中をしばらく泳がせてから、黒髪の頭に落とそうとする。

ゆっくりと掠め触れようとして、完全に手は止まった。

パンと乾いた音を耳にした。

背を向けた窓の外。教会の鐘の音は店じまいをするが、昼も夜も止まないその音は気まぐれに街に鳴り響き、無遠慮に静寂を裂いては人々の眠りを妨げる。

ベッドの上で芽生えかけた淡いなにかも。

寝返りを打つジャレスは振り返り、暗い窓を仰いだ。

カーテンのない窓は、目を開ければ青空が映った。

窓の木枠の格子に分断された青空。ルカの部屋からは建物に遮られて見えないはずの、丘上のアウェウェテの緑も見える。

ルカはハッとなって飛び起きた。階下に向かおうとして、裸のままであることに気がつき、ベッドの足元に纏められた衣類を慌てて身に着ける。靴を履き、階段をバタバタとした足取りで降り、人の気配と食べ物の匂いのするほうへと。

ジャレスはキッチンのコンロの前にいた。

「起きたか、おはよう」

チラとこちらに目線をくれた男は、どことなくさっぱりとした雰囲気を纏っていた。髪を綺麗（れい）にひっ詰めた一つ結びにしているからではないだろう。

「お、おはよう……起こしてくれればよかったのに」

窓辺の景色のような微妙な違和感。胸をどぎまぎさせつつ応えるルカは、忘れていた仕事を思い出した。

「あっ、洗濯っ！」

「いいから、先に食べろ。冷める」

フライパンの中には、四つの卵が落とされていた。目玉焼きのように並んだ卵の下には、丸いトルティーヤが敷き詰められており、隣の小鍋で煮込んだ赤いサルサソースをジャレスは手早く流し込んだ。

ジュワッとした音が弾（はじ）ける。湯気が立つと同時に蓋を閉めた。定番の朝食メニューのソースは皿の上で仕上げにかけてもいいけれど、軽く煮込むとトルティーヤによく沁（し）み込んで一段と美味（おい）しい。

「トマトたっぷりだ」

ルカが慌てて皿を二つ用意すると、盛り分けるジャレスはからかうように言った。トマトベースのサルサソースには、ごろごろとしたざく切りの実もふんだんに入っている。

「食べるのは好きだよ？」

「じゃあ、早く食え。コーヒーでいいな」

「あ……うん、ありがとう」

やけに優しい。

なのに浮ついた気分にはなれない。

いつもとなにか違うのが引っかかる。

食べろと言われてもなんとなくもたつき、店の作業テーブルに皿を運んでからもぼんやりとルカが椅子に座っていると、コーヒーの白いマグがカタリと置かれた。

見慣れたはずのジャレスの手に、急にドクンと鼓動が乱れる。

セックスを最後までしたのは初めてだ。

ジャレスのベッドで眠ったのも。

気絶するように寝てしまったからかもしれないけれど、いつもは終わればすぐに追い出されていた。ルカも部屋に戻って一人になるのを、当たり前に感じていた。

環境が劣悪なだけの雑魚寝以外で、朝まで誰かが一緒にいてくれるなんて、今までなかった。

そうしてほしいと思ったこともなかった。

——これまでは。

「ジャレス、あの……」

テーブル越しの男を、ルカはそろりと窺う。

ショーウインドウでもある窓から店内を満たす朝の光は、彫像みたいに整ったジャレスの顔も柔らかに照らし出す。

　マグカップ片手に足を組み、毎朝届く新聞に目線を落とす男の表情は穏やかだ。

険悪でも冷ややかでもなく、たださらりとした声音で言われた。

「おまえももう独り立ちできそうだな」

「え……」

「言っただろう？　俺をその気にさせられたら充分だって。おまえの勝ちだ、ルカ」

「勝ちなんて……」

「勝負事じゃないか。免許皆伝ってやつだな、練習はもう卒業だ」

　新聞を捲りながら上目遣いにこちらを見たジャレスは、唇の端で笑った。

　ルカは笑うどころか言葉を失い、瞬くことさえ忘れた。

「安心しろ、物好きじゃなくてもおまえを欲しがって買う奴はいる。ああ、あんまり安売りするな？　こないだ千ペソとか言ってただろう、なんだあれは。計算も教えてやったんだから、まともな金額を……」

「計算はまだできないよっ！」

　閊(つか)えていたものを吐き出すように、言葉を発した。ルカの珍しい大きな声に、ジャレスは一瞬目を瞠らせただけだった。

「できるさ、足し算と引き算さえできればなんとかなる。短期間で読み書きも上達したし、おまえの頭は悪くない。独学でも頑張れば、まともな仕事だって見つかるかもな」

「ジャレスはっ……ジャレスはもう教えてくれない？」

「わからないことがあれば教えるさ。ここにいる間はな」

「ここを出たら？」

「べつに今日明日にも出て行けと言ってるわけじゃない。そんな顔するな」

ジャレスは小さく笑んだ。

質問と答えが嚙み合っていない気がしたけれど、今も口が上手くなったわけではないルカはすぐに言葉が出ない。探しているうちにジャレスの視線は新聞に戻ってしまい、優しさの正体は摑めないまま。

「いいから早く食え、せっかく作ってやったんだ」

自分は手をつけないくせして急かすジャレスに、ルカは頷くしかできなくなる。

食べ始めても、ピリリとしたサルサのホットな刺激さえろくに感じられなかった。


食事の後は洗濯をした。

いつもどおりの時刻にジャレスは店を開いて、暇潰しに新しい入荷がないか確認にくる常連がいくらかやってきて——寝坊で始まった朝も、普段と変わらなくなる。

絶え間なく客の訪れるような店ではないから、ルカは手伝える作業のないときは、店番がてら店先に座ったり勉強の続きをしたり。気が向けばジャレスも作業テーブルの向かいに座って、質問に答えたり相手をしてくれる。

けれど、今日はそれもなかった。

——やっぱり違う。

テーブルについたルカは、目の前の本を見つめる。

昼前に市場にふらっと出て行ったジャレスが、『餞別(せんべつ)』だと言って買ってきた算数の本だ。実際に学校で子供たちも使っている本だとかで、例題には答えだけでなくわかりやすい解説も添えられている。

一人でも学べる本だ。

ジャレスはなにも言わなかったけれど、『一人でやれ』と突き放されたも同然に感じられた。『餞別』も別れと同意語だと、少しは読み書きも上達したルカにはわかってしまった。

質問を解く気力もないのに、視線は下に向かい続ける。テーブルの天板に無数に走る傷が、ふと自分の背中の古傷にも似ていることに気づいた。

いくつあるかなんて、もうずっと確認したことはないのでわからない。ピカピカのテーブルならただ一つの傷も気になるだろうけれど、数えられなくなるほどついてしまえば、どうでもよくなる。

ジャレスは、その背中に唇で触れてくれた。

一つ一つ、傷を辿るように。

意味なんて、ないのかもしれないけれど。

「ジャレス」

戸口で高い声がする。

顔を起こし見ると、入り口のところに座ったジャレスに、若い女性が声をかけたところだった。

時々目にする客だ。常連の一人として数えるには、明らかに彼女の目当ては商品ではなく店主で、ジャレスが店先に座っているところを見計らうようにやってきては話しかけていく。

珍しい。いつもはあからさまに面倒くさそうに応じるか、カウボーイハットをさっと被って寝た振りをするかのジャレスが、ちょっと笑っている。

口元に浮かんだ笑み。胸の辺りが、きゅっとなるのをルカは感じた。

なんだかわからない痛みにも似た感覚で、そのくせ目が離せない。何故か確認するようにこちらを振り返り見たジャレスは、渡された紙の袋を受け取りながら立ち上がった。

女性を軽く抱き寄せる。

ふわふわの金色の巻き髪が揺れ、突然の抱擁に驚いた彼女の白い頰がピンク色に染まった。

遠目で、そんな感じがしただけだけれど、たぶん間違いはない。

エスコートでもするように背中に軽く手を当て、ジャレスは女性客を店内へと案内する。店にいるのはルカだけだ。ジャレスと目が合うと息苦しさが増し、居たたまれなくなったルカはテーブルを離れた。

バッと逃げるように店の奥に向かう。

逃げても、胸の違和感は変わらない。我慢できないほどの痛みでもないのに、涙でも出そうな感覚があって、『なんだこれ』と思った。ひどく不快で『嫌だ』とも。

ジャレスと目が合ったのは偶然なんかではなく、居心地の悪さも気のせいじゃない。

ジャレスは、一刻も早く自分に出て行って欲しくてそうしている。

――なんで急に。

急にもなにも、最初から好かれておらず、煙たがられているのはわかっていた。終わりを宣言された夜の練習が、ずっと自立のための協力だったことも。やっと終わったのだから出て行ってほしくて当然だ。

わかっているのに。

女性客が店内を見て回る間、息を殺してブックコーナーにいた。慣れた場所に自然と足が向いてしまったようで、二列になった本棚は身を隠すにもちょうどいい。

少し落ち着いてくると、本を探す振りを始め、普段は興味を持たない分厚い小説本まで手にしてみた。

長いこと誰も触れてもいなさそうな本は、最近倉庫から出して追加したものだ。表紙の深い森の写真はアウェウェテの大木のようにも見えて、ルカは目を引かれてなんとなく表紙まで捲った。

中身は文字ばかりだ。読み通すにはハードルが高いと閉じかけたそのとき、ページの間に栞のように挟まれていたものが落ちた。

「あ……」

すっと空を切るように床に滑り落ちる。

慌てて拾い上げると、それはただの紙ではなかった。

海の写真だ。

青と白。海と砂浜だけでなく、波打ち際にデニムのワンピース姿の女性が立っていた。

風にそよぐ長い髪は落ち着いたブルネットなのに、弾ける笑顔が底抜けに明るく、なにもかもが眩しい。

太陽のような強い輝きを感じる、美しい女性だ。

『ベリーズ、アリアナと』

裏には、そう書かれていた。短いけれど走り書きという感じでもなく、思い出を確かめるように記された文字の癖に覚えがある。

「なんか、差し入れもらったけど、おまえも食うか?」

声にハッとなる。

振り仰げば、長身の男はすでにルカの手元を見下ろしていた。

「ほっ、本の間に挟まってて……」

「そうか、もらっとく」

「ジャレス、この写真……」

表情一つ変えずにルカの手元から抜き去ったジャレスは、するりとレジカウンターのほうへ向かった。途中のゴミ箱にひらと放られた写真に「あっ」となる。

「なんでっ、なんで捨てるのっ⁉」

「昔の写真だ。必要がない」

「必要ないって、でも……」

もし筆跡に見覚えなどなくても、わかった気がした。写真には女性一人しか映っていないのに、写したのがジャレスだとはっきりとわかった。

彼女が見ているのはジャレスだ。

太陽みたいな笑顔で。

「なにをやってる？」

反射的に駆け寄ったルカは、ゴミ箱の写真を拾い上げた。

「いらないなら、俺がもらう。だって……綺麗な海の写真だし、捨てるなんて」

「ダメだ」

「でも、ジャレスいらないって……カタツムリの殻だってくれただろ。だから、この写真だって」

今度は強く握っていたにもかかわらず、バッと奪い取られた。

言葉もなく二つに裂かれた写真に、ルカは目を見開かせ、ジャレスは二つを四つに裂いた。四つを八つにも。

「これはおまえのものじゃない」

滾るような青い双眸。まるで激昂するかのように向けられた眼差しに、身を強張らせるルカは覚えがあった。

『おまえは、本当にまだ生きているのか?』

あのときと同じ目をジャレスはしていた。

「グラシアス、アスタルエゴ」

表まで見送りに出たルカが声をかけると、両脇を幼い孫に囲まれて帰る老人は、こちらを見返し笑みを零した。男の子と女の子のチビ二人も手を振るので、ルカも真似て右手を左右に揺らす。バイバイなんて、今まであまりやったことがない。

お椀を気に入った老人は、時々店に来てくれ、今日は孫たちの分のオモチャまで買ってくれた。

束の間の賑わいが失せた店は、三人が帰るとまた波が引いたみたいに静かになる。

午後になってジャレスは外出し、今はルカ一人だ。

揃っていても静かなものだけれど。

あれから四日、ジャレスとの会話は目に見えて減った。今までどおり食事を作ってくれて、一緒に食べて、生活を共にしてはいるけれど、夜はそれぞれの部屋に引っ込む。

ジャレスの部屋は扉を閉ざされ、本を読む姿すら窺えなくなった。

写真を見つけたりしなければ、もっと話くらいはできたんだろうかなんて、喋るのは苦手だったくせして考える。

ジャレスといるうち、話すのも苦ではなくなった。怖くなくなった。

――でも、自分はジャレスを知らない。

あの写真の綺麗な人は誰なのか。

過去も本当のジャレスも、なに一つ知らない。

尋ねる理由すらなく、ドアをノックする勇気は持てなかった。

ルカは店に入ると、レジカウンターへ戻った。後ろの棚にはプレイヤーと一緒にレコードがずらりと並んでいる。この数日、食事中の音楽もジャレスは聴かないままだ。

聴きたいものがあれば聴いていいと言われており、ルカが迷わず選び出したジャケットはジャレスの好きなボーカリストのレコードだ。

適度な音量でかけ、丸椅子に腰かける。

カウンターの正面に見える通りは、別世界のように眩しい。日差しの中を幾人か行ったり来たりするものの、店も店番のルカも気に留める者はいない。

ルカは、首に下げたものをシャツの内から引っ張り出した。柔らかなフランネルの布切れを、適当に縫い合わせた乳白色の袋。黄色いころりとしたものを取り出し、カウンターに置いて眺める。

コダママイマイの殻だ。無造作にポケットに入れて失くすのは怖くて袋を作った。大事なものを身につけておく癖は、ナイフを腰に差していた名残か。

黄色と黒に白にオレンジ。鮮やかな渦の美しさに見入るルカは、小さな宇宙でも覗き込むように、カウンターの上に組んだ腕へ顎を乗せる。

溜め息が零れた。

いっそ渦に吸い込まれたらいいのにと、黒と白のラインを見つめて馬鹿なことを考え、不意に人の気配を感じた。

「オラ、ブエナスタルデス？」

『こんにちは』と訝るように声をかけられ、バッと顔を起こす。

「あ……いらっしゃ……」

反射的に返そうとして、息が止まった。

白いスーツ姿の男が、優雅な歩みで店に入ってきたところだった。

落ちついたオフホワイトながら、この辺りでスリーピーススーツなんて初めて見る。雨季の終わりの九月半ばとはいえ、正装も開襟シャツのグアジャベラですますような実用性重視の土地柄だ。

「古道具屋はここでいいかな？　ピンクの壁の店だって聞いたんだけど」

ルカは声が出ないまま、コクコクと急いで頷いた。

男のノーネクタイのセルリアンブルーのシャツはボタンが一つ外されており、白い喉元が目立つ。抜けるような白い肌に、すっきりと後ろへ流された金色がかったライトブラウンの髪。まるで北欧系の白人のようだ。

すらりとした長身で、年はジャレスと変わらないか、いくらか上に見えた。

近づくほどに浮世離れした美貌の男ながら、口元の柔和な笑みが緊張を緩める。

「君は店番のコかな？」

頷くと、男は愁眉を寄せ首を捻（ひね）った。

「もしかして、喋れないの？」

「しゃ、喋れます」

「それはよかった」

「な、なにか探し物で？」

視線を店内にゆっくりと巡らせた男は、すぐ傍に吊り下がった振り香炉を仰いだ。

「そうだね。掘り出し物があれば土産にと思ったんだけど……見たところ、ガラクタしかなさそうだね」

優しげな口調のわりに遠慮がない。金色の香炉は男の指に弾かれ、哀れな地球儀にでもなったみたいにクルクルと回り始める。

一応確かめるつもりか、男は店の奥へと進みかけ、レジカウンターのルカのほうを振り返った。

「レディ・エラだね」

「レディ？」

「その曲だよ。エラ・フィッツジェラルド、アメリカンだけどジャズの女王さ。君の趣味じゃなく、店主の趣味かな？」

カウンター裏のプレイヤーから鳴り続ける音楽。伸びやかな歌声に耳を澄ませるように男は一瞬目を閉じ、ほのかに色づいた唇に微笑みを浮かべて天井を仰いだ。

「ああ神様、この店で間違いはないようだ。『ミスティ』は僕も好きな曲だよ。エラはスキャットの女王だって言われるけど、バラードも沁みる」

「あの……」

「店主とは趣味が合いそうって意味だ」

「あの、ここは誰かの紹介で？」

「紹介と言うほどでは。この街に珍品を集めたなかなか興味深い店があると、風の便りでちょっとね」

ルカはカウンターのカタツムリの殻を急いでしまい、店内を回り始めた男の後をそっと追った。接客などジャレスもろくにしない店ながら、これまでの客と毛色が違いすぎて戸惑う。

「この店で一番高いものはなにかな？」

白いスーツの背中が喋る。後ろも振り返らずに問われ、ドキリとなった。

ルカはいつもの癖で足音を立てずに歩いていた。男は棚に並んだ雑貨に一瞥するような視線を走らせ、魚の形のタイルのしっぽをつまらなさそうに摘まみ上げると、こちらを見ようともせずに問う。

「それなりのものが一つくらいあるだろう？　一番価値のあるものが見てみたい」

「一番……腕時計とか指輪なら、カウンターの横のケースに。でも、価値はそんなにないと思う。高いものは置いてないから。プレゼントだったらほかの店を探したほうが」

目当ての品があるわけでもなく、価値に拘るのは、女性への贈り物かもしれないと思った。

身なりのいい男が買うような宝石も時計も、この店にはない。

「ふうん、それは残念だねぇ……これ、スペルが間違ってる。CじゃなくてSだ」

ポルトガルの民芸品に添えたカードを示され、「あっ」となる。

「そのカードは、覚えたてで書いたもので」

「君がこれを？　もしかして、商品のカードはすべて？」

「値札以外の説明はだいたい……あの、ごめんなさい。今はだいぶ間違いは減ってるはずなんだけど……読み書きは教えてもらってるから」

チラと振り返った男の目が冷ややかだった気がして、ルカは詫びた。店の信用に関わるほどのものではないとはいえ、間違いは間違いだ。

興味なさげだった男のヘーゼルアイが、正面からルカを捉えた。

「ここで、教えてもらってるの？」

「……はい」

「君はアルバイトじゃなくて？」

「店の手伝いはするけど、雇われてるわけじゃ……置いてもらってるっていうか、ここへきたのは元々……」

ガラクタと同じだ。店主は騙し同然で買い取らされ、面倒を見てくれているのだと説明しようとしてまごつく。

今更、なにを誤魔化そうというのか。

「いいね、気に入ったよ」

すっと手を伸ばされ、白い手が顎に触れそうになる。

花でも開くような男の笑み。

「顔をもっとよく見せてくれないか？」

「え……」

「ああ、よく澄んでる。エストレーヤ、星夜のように美しい眸だ。それに、よく見ると顔形も悪くない」

戸惑うルカは問われた。

「クアント・クエスタ？」

「あ……」

「君はいくらかな？」

はにかんだような微笑みと、優しい声音。にもかかわらず、ルカは強張ったままだった。

背筋をピンと伸ばしたまま、瞬き（まばた）一つすらできずに見つめ返した。なにか言わなければと焦るほど、言葉は出てこない。

ふっと口元を緩めた男は、ハハッと声を立て笑った。

「冗談だよ？　でも、残念だ。値がつくものなら本当に買わせてもらうのにね」

「あ……あのっ……」

「なにか一つくらい土産にもらおうかな。ああ、石がいいな」

男は入り口近くの棚のほうを指した。そこにある置き物にもならない石は、ルカも忘れていたくらいだ。

「岩石は面白いよ。君も勉強するといい。石なんてそこら中にあるのに、捉え方次第で価値が変わる」

革靴の足取りも軽く向かう男は、振り返るとまた笑う。

ルカは凝然と見つめた。

品よく愛想のいい客ながら、一度も目尻には皺（しわ）が浮かんでいないことに今更気づいた。

ジャレスが戻ったのは、隣の編みかご屋の主人がチワワを連れて表に出てくる頃だった。

シエスタも終わった時間ながら、隣は犬を抱くのも仕事のうちだ。

「明日、引き取りに行くことになったから、おまえも手伝え」

ついでに市場に寄ったという古道具屋の主人は、紙袋を無造作に作業テーブルに下ろしながら言った。常連客に引っ越しで不用品が大量に出ると相談され、家まで見に行っていたのだ。

ルカは「わかった」と応える。

「俺のいない間に誰か来たか？」

「出てすぐに、フェルナンドが」

「ビールは一昨日持ってきたばかりだろ。あいつまた……客は？」

「お椀のお爺ちゃんが、孫を連れてきてくれたよ」

「ふうん、そりゃ将来有望な客だな。ほかは？」

「何人か……月の石が売れた」

「入り口のか？」

袋から店で使う品を選び出しながら、ジャレスは呆れ声になる。

「もの好きもいたもんだ。ちゃんとレプリカだって言ったんだろうな？　十中八九、ニセモノだぞ」

「うん、それでもいいっていうか……なにか土産にって」

「へぇ、ますます物好きだな」

苦笑いを零すジャレスは、梱包用の紐などをテーブルに残し、残った生活用品を奥へと運ぶ。

袋をまた一抱えにして向かいかけ、足を止めた。

「どんな男だ？」

ふと思い当たったように振り返ったのは、偶然にもあの客が足を止めたのと同じ位置だ。

「白いスーツ、ベスト付きの。ここら辺じゃ見ない感じの白人の客だったよ。誰かに店の評判を聞いたようなこと言ってた。変わったもの売ってるって」

ジャレスは動かない。身じろぎもせずに見つめられ、ルカは足りないと感じて記憶の箱をひっくり返すように探った。

「年はジャレスと変わらないくらいで、三十代に見えた。身長は高いけど、ジャレスよりは低くて……ライトブラウンの髪、目は……ヘーゼル。あとは……あと……」

続けようとして、ルカは言葉に詰まった。

「もういい。わかった」

ジャレスは断ち切りながらも歩き出そうとせず、空に視線を移した。

「そいつは俺についてなにか言ってたか？」

「特になにも……ジャレスの知り合い？」

「いや、もしかしたらと思っただけだ」

「あ……そうだ、趣味が合いそうだって。レコードをかけてたら、『レディ・エラだね』って。店主の趣味かって訊かれて……」

ジャレスの表情に微かな緊張が走った。

「そいつが来たとき、かけてたのか？」

身を竦ませるルカに、強い口調で繰り返す。

「レコードをかけたのかと訊いてる」

「ごめん、営業中に……店に合わないとは思わなくて」

昼に音楽をかけることは、これまでもあった。レジ裏にプレイヤーがあるのはそのためのはずだけれど、ジャレスの様子からして不興を買ったのは確かだ。

「……いや、いい」

それ以上責めることもなく、ジャレスは今度こそ奥へ消えた。

すぐには戻ってこなかった。残りの荷物を置くだけにしては長い時間姿を現さず、戻ったときには普段どおりのジャレスだった。

口数少なく、レジカウンターで頬杖をついたり、店の入り口でカウボーイハットを被って眠るばかりの、いつもの古道具屋の店主。

この数日のジャレスだ。

静かにひたひたと近づいてくる寒い夜。

久しぶりに日暮れに雨が降った。スコールと呼ぶにはしとしとと降り始めた雨に、店じまいの手伝いをしながら、ルカはジャレスを見つめた。

険しい表情の男は、作業の合間に外れ落ちたヘアゴムを探そうともせず、煩わしげに髪を掻き上げる。風に乗って吹きつける雨粒に濡れ、黒色にも見える長い髪。

店先の品を運び入れ、最後に残ったルカは、戸口を跨(また)がずそのまま立ち止まった。

「ジャレス、ごめん」

冷たい雨を頬に感じた。

訝る表情で、男は振り返る。

「なにを謝ってる？」

「ごめんなさい」

「……レコードのことか？　もういい。べつにおまえの落ち度でもないしな」

ルカは首を横に振った。

「なんだ？　久しぶりに皿でも割ったか？　早く入れ、濡れるぞ」

ジャレスの眉間の皺が緩んだ。呆れ声で話をすり替える男の優しさが今はわかる。その優しさにずっと甘えているからだ。

――言えなかった。

白いスーツの男が、月の石だけでなく自分に関心を持っていたこと。冗談でも、やっと買おうとする人間が現れた。『値がつくなら買う』とまで言ってくれた男にも、本当は売り物だとは言えずじまいだ。

目元は笑っていなかったけれど、お金をたくさん持っていそうな客には違いなかった。

黒いスポンジみたいな歪な月の石に包装をするよう求められ、ルカは赤いリボンをかけた。不恰好(ぶかっこう)な結び目ができあがるのを、男はじっと見ていた。

『また来るよ。君に会いにね』

ただの挨拶か、本気か。去り際に言い、小脇にした包みから伸びた赤いリボンの端が、白いスーツの上をそよぐように揺れた。

あの客が、もう一度きたら。

「ごめん……次はちゃんとする」

ルカは悲壮な思いを抱えた自覚もなしに、ただジャレスに誓った。

もう一度きたら声をかける。

――ちゃんと、買ってもらえるように。


『また来る』なんて言葉に大した効力はない。

本気だとしても来週かもしれず、来月や来年、数年先にふらっとということもありうる。

罪悪感も加わったルカは、翌日もその翌日も頻繁に表に出てみた。

正午、カランコロンと鐘が鳴る。つられて丘上の教会を仰げば、外壁の黄色と一緒に、隣のアウウェテも目に飛び込んでくる。

今日も眩しい大樹の緑に目を細めかけ、ルカは振り返った。

鐘の音も終わらないうちに、パンパンと二発の銃声が響いた。

近い。市場のほうだと凝視した瞬間、店からジャレスが飛び出してきた。

「ジャレス?」

ジャレスは通りを見回し、目が合うとやや気まずそうな顔になる。

顎でしゃくった。

「ルカ、中に入れ、倉庫の作業をしてろ」

「引っ越しの買い取り品なら、もう仕分けも終わって……」

「まだ細かい分類もあるだろ。すぐ店に出せそうなやつも集めとけ」

ぶっきらぼうで、どことなく険のある声で言う。

急ぐ仕事でもない。今は客も数人きていて、裏に引っ込むより手伝うことはありそうだと思いつつ頷く。

「わかった」

この数日、気分屋のようにジャレスの態度が変わる。

時折、神経を尖らせているのが伝わってきて、以前のように表のビールケースに座ろうとしても『中へ入れ』と窘める口ぶりで命じられた。

銃声にも過敏だ。夜も眠りが浅いようで、昨夜は強風に戸がガタついただけでも、階下へ確認に降りていた。寝つけずに天井を見つめていたルカは、深夜に起き出すジャレスの気配を隣の部屋からでも察した。

教会の祈りの時間に銃声が響くほど治安は相変わらずだ。警戒しすぎて悪いということはない。ジャレスの読む新聞にも、現市長が襲撃されたと度々大きく載っており、いつ悲劇に変わってもおかしくはなかった。

政治家が本気で犯罪対策に取り組むほど、この街は皮肉にも犯罪が増える。

「ねぇジャレス、赤と緑どっちが似合うと思う?」

奥の衣料品のコーナーでは、あの差し入れまで持ってきていた女性客が手招く。

金色の枠の大きな姿見の前で、ブラウスをあてて見ている。呼ばれたジャレスが彼女と一緒に鏡に映るのを見たくない気がして、ルカは急ぎ足で裏へと向かった。

人目を避けるような薄暗い倉庫で一人、黙々と作業を始める。

——ここじゃ、わからない。

白スーツの客が来ても、裏にいては気づいてもらえないと思った。

そもそもまた来たからと言って買ってくれるとは限らない。もっと積極的に客を探し、早く独り立ちすべきだ。男でも娼婦のように通りの縄張りがあるのかわからないけれど、夜になったら酒場をうろついてみるのもいいかもしれない。

酔っ払いなら財布の紐の緩む物好きもいるだろう。

——でも、ジャレスに反対されたら?

頭をよぎった考えに馬鹿みたいに落ち込む。

ジャレスが嫌がる理由なんて、一つもない。

行くなら今夜だ。酒場の賑わう夜。食事の後、お互いの部屋に引っ込んでからそっと出てしまうのがいい。

薄暗い倉庫にしゃがむルカは、作業の傍ら決心した。

夜は日に日に早足でやってくる。数時間籠った倉庫を出る頃には、もう表は暗くなり始めていて、店の明かりを灯したジャレスはレジカウンターの黒電話で誰かと話をしていた。

週末の約束でも交わすような会話が漏れ聞こえる。そんなはずはないのに、さっきの女性客かもしれないと可能性を考えるだけで、胸がひやりとなる。

ルカは遠くからその姿をじっと見つめ、それから電話が終わる頃に何事もなかったかのように「分類終わったよ」と声をかけた。

店じまいの後はキッチンで調理を手伝い、食事を作業テーブルに運ぶ。普段どおりの夜、ジャレスはいつもよりピッチも早く酒を飲み、ルカは食事がうまく喉を通らなかった。

——食事の後だ。

酒場で物好きが見つかればいいという考えは、必ず客を取るという強迫観念にも似た思いに変わっていた。

「なんだ、今日はまた小食だな」

こちらの様子などまるで気に留めてもいないように感じられたジャレスが、ショットグラス片手に言った。

「あ……うん、今日はあんまりお腹が減らない。倉庫に籠ってたからかも。夜食に持って上がっても?」

「べつにいいが……おまえに話がある。飯の後に言おうと思ってたんだけどな」

「……うん、なに？」

「急で悪いが出て行ってくれ」

瞬間、思考が停止した。

ルカは言われた内容が理解できず、忙しない瞬きをした。

「フェルナンドがおまえを買ってくれることになった。酒屋の手伝いにな。あいつなら気心も知れてるし、まぁ悪くないだろう？　ろくに喋っちゃいないけどな」

ろくにどころか、まだまともに言葉を交わしていない。

ジャレスの声は淡々としていた。なんの感情も滲ませない声がつらつらと続く。

「酒屋の二階は部屋も余ってるし、住ませてくれるそうだ。さっき電話で話したばかりで、店の持ち主に許可取ってるのか怪しいが……まぁ大丈夫だろう。賃金には期待するな。家つきならそう悪くない」

「……わかった」

いくらも頭に入らなくとも、要点くらいはちゃんと届いた。

「明日の朝、迎えに来る」

「そんなに早くに？」

「今からでもいいが、おまえも荷造りがあるだろう」

「わかった」

「使ってたものは全部やるから、持っていけ。ああ、その気に入りのスープボウルもな。服も置いていくなよ？　どうせ売れ残りだ」

「わかった」

途中からは、意味もわからずに同意しているようなものだった。

食事の後、二階に上がる足取りは覚束なかった。ふわふわしているようでもあり、重たく階段にめり込みそうにも感じられた。

現実感がない。明日から、自分はいなくなる。もうここにはいられないのだ。

言われたとおりに荷造りをしようと、段ボール箱を用意し、服や食器を詰めた。お椀まで入れようとして、今夜の予定がなくなったことにルカは気づいた。

酒場で誰でもいいから客を見つけて、安値でも寝ようと思っていた。体を売らずに酒屋の手伝いで生活できるなら、本当にそれはありがたい良い話だ。

――自分はやっぱりツイている。

でも、わかってしまった。

幸運と幸福は、必ずしも同じではない。今更そのことに気がつき、呆然とベッドの端に腰を落とした。

そのまま床までめり込みたい気分で、頭を垂れる。

もう終わったのだ。幸福は。

――行かなくては。

ここを出なくてはならないと覚悟を決め、ふと誰かに耳元で囁かれでもしたように、あのことを思い出した。

隠し場所にある、あれを持って出ようと心に決めた。


雲の先に行けなくとも、雲はいつも流れている。

じっとしているように見える高いところにある雲も、どっしりと聳え立つスコールを運ぶ雲も、いつの間にかどこかへといなくなる。

留まるものは空には一つもない。

地上にも、本当はないのかもしれない。

そういえば、マルコはこの世界は陸地さえもがゆっくりと動いているのだと言っていた。嘘みたいな話だと思ったけれど、マルコの言うことはいつも正しかった。正しかったから、彼は死んだのだ。

「おーい、辛気臭い顔で空見てんならこっち手伝え！」

水色のピックアップトラックの荷台にケースを運ぶフェルナンドが、酒屋の前で二階の窓のルカを仰ぐ。

酒屋は古道具屋から車で十分とかからない距離だった。朝の早い時間に迎えに来てくれて、その日の内から手伝いに加わった。

フェルナンドが一人で切り盛りしている小さな店は、午前中は配達が中心で、店はだいたい午後から開いている。途中にしっかりと三時間のシエスタがある。

ジャレスはランチタイムも店を開けていたので、急にできた長い休みにルカはなにをしていいかわからなかった。与えられた二階の部屋に上がるも、三日も過ぎるともう荷物の整理も終わり、ぼんやりと窓の外を眺めるだけの昼休みだ。

この場所からも教会とアウェエテと、空だけは同じように見えた。

「なにか面白いもんでも見えたか？」

呼ばれて車の元に駆けつけたルカは、首を横に振る。

目新しいものはなにもない。ただ、ジャレスの店と変わりない景色があることが嬉しかった。

ルカが見ていたのはたぶん、丘上の教会でも空でもなく、ジャレスの目に映るものだ。

「面白くもないのに見てんのか？　変な奴。まぁいいや、そっちのケースも積むの手伝ってくれ。午後は配達ないはずだったのに、一件ねじ込まれた。店開ける前にちょっくら行ってて……」

愚痴混じりの話の間に、ルカはビールケースに手をかけ、ヒョイヒョイと荷台に載せ始めた。

「おまえ、ホント見かけに寄らねぇ怪力だな。扉えって言われたときはどうすっかと思ったけど、助かるわ」

上機嫌のフェルナンドは荷台の扉をバンッと勢いよく閉め、ニッと笑う。スモーカーのわりに真っ白な歯が覗いた。

弾ける笑顔で『ジャレスに言われて渋々雇った』と伝えたも同然であるのは気がついていないようだ。

やはり、話はジャレスのほうからだったらしい。

フェルナンドは「じゃ、行ってくる」と軽く出かけ、ルカはシエスタの残り時間を商品のアルコール類を見て過ごす。小さな店ながら、古道具屋とはまた違った意味で世界中から品が集まっている。

ほとんど読めないボトルのラベルを一つ一つ確認した。力仕事の役にさえ立てればフェルナンドは満足らしく、シエスタは店に降りずに休めと言うけれど、働くならまともな店番くらいはできるようになりたい。

戻って店が開いてからは、主に品出しを頼まれた。

酒屋が閉まるのは、周りの店より遅い時刻だ。

「ほら、飯だ。配達ついでに買っといた」

キッチンの真四角のテーブルに、フェルナンドは市場の屋台の食べ物を並べ始める。

いつもいい匂いを振りまいている、あの回転ロースト肉だ。豚も鶏もある。トルティーヤで巻いてしまえば、腹を膨らますには充分な食事の完成で、昼も夜もフェルナンドに自炊の習慣はない。

ルカは、紙皿のまま無造作に並べられた料理を見つめた。

お椀の出番はなさそうだ。

「どうした？　あ、ドリンクはビールな。遠慮すんなよ、飯代はどうせ給料から差っ引くしたくさん食っとけ」

主食のトルティーヤもでき合いのもので、キッチンに突っ立つルカがコンロへ視線を送ると、フェルナンドは反応した。

「ん？　温めるのか？　べつにそのままでも食えるけどな、好きにしろ」

許可に頷けば、フライパンが出された。

ルカの無言に慣れてしまったのか、フェルナンドは無理に喋らせようとはせず、まともな会話がなくとも不思議と通じ合う。

ルカは喋りたくないわけでも、まだ警戒しているわけでもなかった。むしろひどくリラックスしている。ルカにとっては無口が長い間の習慣でもあり、人を自然体でいさせるなにかがフェルナンドにはある。

実際、それが酒屋の魅力のようで、店にはふらっと顔を出して彼と話をしていく客が後を絶たない。左腕の聖母マリアのタトゥを拝んでいくお年寄りまでいるくらいだ。

「あれ、おまえなんか……太った？」

コンロの前に立つと、背後の椅子にどっかりと座り、ボトルビールをラッパ飲みし始めた男が言った。

「うっすらだけど、前より肉ついたよな。まともになったっていうか……へぇ、ジャレスんとこで美味いもん食わせてもらってたのか」

ルカはチラと振り返り、コクコクと頷いた。

食事を共にし始めてからのジャレスは、様々なものを作って食べさせてくれた。

最初はチリコンカン。豆が余っているからと言っていたけれど、あれは照れ隠しのような言い訳だったんじゃないかと今は思う。

ほかは昼からじっくり煮込んだ豚のカルニータ。エビを炒めてマリネでアレンジし、フランベの香りづけで仕上げた料理も作ってくれた。

グリルのファヒータ、魚介のセビーチェ。トルティーヤは揚げてトスタータダス、チーズでケサディーヤ。様々に手を変えメニューも変わり、店ほどふんだんなスパイスは使われていなくとも、ジャレスの作る出来立ての温かい料理はどれも美味しかった。

――あれ？

ルカは思い返し、首を捻った。

　頭の中にカードでもバッと広げるように思い出せる。料理に限らず、ジャレスといた時間は、些細などうでもいいほどの小さなことまで忘れていない。覚えが悪いはずの自分が、勉強さえも少しはできたくらいだ。

「なんだ？　冷蔵庫？」

　ルカの視線の先をフェルナンドは追う。

「ああ、なんかしたいなら好きに使えよ。ろくなもん入ってないけどな」

　冷蔵庫は酒屋らしくアルコールばかりが冷やされているけれど、サルサに使える基本のソースやチーズ、ライムはあった。玉子やいくらかのしなびた野菜もある。

　ジャレスの料理の記憶を確かめるように、ルカは狭い作業スペースとコンロに向かった。

　キッチンでは手伝いが主だったけれど、いつも見ていたから覚えている。

　ジャレスの手の動きを、横顔を。

「おう、ありがとうな」

　トルティーヤの皿を出すと、一足先に屋台の料理をつまみに飲んでいた男がビールを出してくる。

「まぁ、とりあえず飲め。酒屋で働いてビールも飲まないって、ありえないだろ。新入りの料理に乾杯だな」

　透明なスリムボトルを強引に持たされ、カチリとぶつけ合わされた。

「へぇ、やっぱ出来立ては美味いな。揚げたケサディーヤなんて久しぶりに食うわ。チーズだけじゃないな、これ」

チップスのようにパリッと揚がった熱々の包み揚げにかぶりつき、滝のように糸を引いて溢れるチーズをハフハフと舌で巻き取る男は、感心したように言う。

「おまえ、料理できんのな」

真四角のテーブルの向かいに座ったルカは首を振った。

「違うのか？　けど、今作って……もしかして、ジャレスがやんのか？　へぇ驚きだな。あいつ、意外とマメなんだな」

ルカのほうが驚いた。付き合いの長いフェルナンドが知らないとは、思ってもみなかった。丸くなった目に、珍しくシニカルな笑いが返る。

「あいつとは飯も酒もナシだ。ダチでもなんでもないし、俺は酒を運んで喋って帰るだけ。つまんねぇ関係さ」

ひらひらと揺らされた手で『早く食べろ』と促され、ルカも食事を始める。フェルナンドはビールからライムを齧りつつテキーラに移り、すっかり酔いも回った表情だ。

「なぁ、ジャレスはいっつも店終わってからなにやってんだ？　ずーっと気になってたんだよな、教えてくんねぇし。飯食って寝るだけか？　ほかにもなんか教わったこととかあんのか？」

顔色は褐色の肌でわかりにくいけれど、呂律が怪しい。そのくせ、察しのよさは変わらずで、ルカの背筋が伸びて固まっただけで、「えっ」となる。

「嘘だろ……まじか。あいつ、ホントむっつり。こんなガキに手を出すなんて……ああ、二十歳超えてんだっけ？　それにしたって、ジャレスが男に走るとは……」

ルカは激しく首を振った。口を開きかけるも、フェルナンドは頭に浮かんだ傍から聞こえてでもいるみたいに続ける。

「え？　ええっ、おまえから頼んだの？　あー……もしかして、稼ぐためか？　変態レイプ魔のポンセス・ジュニアについて行くくらいだもんな？」

もはや読心術の域で、ある意味マジックだ。

「悪いこと言わねぇから、売りなんてやめとけ？　金で買うような連中に、俺みたいに気のいい奴なんていねぇよ。あ、なんなら俺にしとくか？　ジャレス仕込みの技にはちょっと興味がなくも……」

ショットグラス片手に、ほろ酔い。酩酊感に心地よさげに左右に揺らぎ始めた男の姿が、ルカの視界の中を泳ぐ。

確かに気のいい男なのだろう。

これまで、ルカの周りには一人もいなかったタイプだ。そして、友達ではないと言いながらも、ジャレスの唯一の『昔馴染み』でもある。

ルカは、バッと立ち上がった。勢い余って膝でテーブルを跳ね上げ、フェルナンドの顔を引き攣らせる。

「えっ、なんだよ急にっ⁉」

ルカは、カットソーに羽織った黒いブロックチェックのフランネルシャツを、馴染んだ身のこなしでパッと捲った。

尻に手を回す。

フェルナンドは仰け反り、背後に倒れ込みそうに椅子をガタガタ鳴らした。

「おいっ⁉　いや、待て待て、本気じゃねぇから、冗談だからっ！　怒るなよ、ちょっとからかわれたくれぇでっ！」

殺気立ったつもりはない。けれど、それくらいの緊張を覚えたのは確かだ。

ナイフを収めるため、ジーンズの内にしつらえた腰ポケット。そこへ潜ませていたものを、片手で顔まで庇っていた男は、指の間から覗き見るように確認した。

ルカはフェルナンドの前にすっと差し出した。

「……なにこれ？」

写真だ。

テープで継ぎはぎになった海辺の写真。青い海は分断されても、彼女の笑顔だけは奇跡的に無事だった。

ジャレスが破いて捨てたものを、ルカはゴミを出す前にこっそりとまた拾い上げ、隠しておいた。拾っても自分のものではないけれど、ジャレスの元を去る際に持ち出すと決めた。

ずっとフェルナンドに訊きたかった。

軽く入ったアルコールが後押ししてくれたのかもしれない。

「アリアナって……もしかしてジャレスの恋人か？」

古い写真を手に取り、表も裏の走り書きも確認した男は呟くように言った。

「いや、俺は彼女のことはよく知らない。名前も今知ったくらいだし、会ったこともねぇ……ただ、あいつに恋人がいたのは知ってる」

フェルナンドの鳶色の眸が揺れる。

「ジャレスのことを知りたいか？」

ルカは思わず身を乗り出し、写真を手にした男の腕をぎゅっと強く摑んだ。

言葉よりも体が先に動く。

「……酒屋は口が軽いからな。喋るのは簡単だが……おまえの知るジャレスはいなくなる。それでも聞きたいか？」

首を捻りかけて理解した。見る目が変わると暗に告げられ、ルカは一瞬間を置きながらも、迷うことなく一つ頷いた。

知りたかった。それが本当のジャレスならば、見えなくともずっと目の前にいたはずの彼だ。

フェルナンドは黙り込んだ。ルカが頷いてからも、しばらく躊躇（ちゅうちょ）したのち、不似合いなシリアスな目をして重たく口を開いた。

「同じだよ。あいつはおまえと同じ。ここへ来る前は、組織に雇われた殺し屋だった」

「え？」と声を発したつもりが音にはならず、それどころかルカは唇も、目蓋も動かしてはいなかった。

呼吸さえ、その瞬間止まった。

「俺みたいな他所（よそ）の下っ端にも知れるくらい腕のいい殺し屋だった。完璧な仕事ぶりでな。若いのに凄腕（すごうで）だって噂（うわさ）が広まって……でも、長くは続かなかった」

フェルナンドは写真をテーブルに戻した。

「おまえと違うのはな、あいつは致命的なミスを犯した。組織に深く関わる殺し屋が、弱みなんて持ったら終わりだ」

一度破れた紙は元へは戻せない。亀裂のような裂け目の目立つ写真をずいと押し戻され、フェルナンドと目が合ったそのとき、すべてがわかった気がした。

「彼女は殺されたよ。あいつを動かす駒（こま）にされたんだ」

ルカの腰は椅子にすとんと落ちた。

座ったのではなく、ただ重力に負けた。

フェルナンドはテーブルの端のソフトケースの煙草（タバコ）を探るも、中身が空であると気づくと握り潰した。鐘の音も銃声もない、気を引かれるものもないキッチンの小さな上げ込みの窓のほうへ視線を送る。

「あいつは汚れ仕事をやるには利口すぎたのかもな。最初は重宝されるが、自分より頭のいい奴ってのを人は恐れるもんだ。蚤の心臓の奴ほどビビる。こいつが裏切ったらどうなるんだってね。口が上手けりゃ宥めることもできるが、ジャレスはそういうタイプでもねぇ」

つられて見た暗い窓に、ルカは青い空を覚えた。時折ふと思い出す、青空へ向けて真っすぐに伸びたあの柱サボテン。電柱よりも高かったマルコの墓標。

「ジャレスは復讐したよ。あいつのいたバシリオスと敵対していた組織の連中を街から一掃した……まぁ俺もそっちの一員だったんだけどな、たまたまいなかったんで殺されずにすんだ。ところが裏があって……実際に彼女を殺したのは、ジャレスの身内だったんだよ。あいつを雇ってたバシリオスが殺したんだ。ビビってた奴らがな」

渇きを感じるほど瞬きを忘れた目を、ルカはフェルナンドへ戻した。

「濡れ衣を着せて敵を潰させたのは、おまけみたいなもんさ。本当の目的は、ジャレスのウイークポイントを失くすためだ。あいつがどっかの組織に捕まったときに、ペラペラと余計なことを吐かねぇように」

組織にいたルカにもわかる。身寄りのないゴミ捨て場で拾われた身は、そういう意味でも重宝された。

フェルナンドの言う組織とは、なにも非合法な組織だけではない。警察も大差なく、この国では人権よりも情報が重い。

本人が抗うなら家族が的になる。

家族のいない者は、恋人が。

「ジャレスのことは当分飼い殺しにするつもりだったんだろうが、どっかで手違いがあったみたいで真相がバレてな。あいつはバシリオスの本部に乗り込んで、ドンや幹部連中を殺した。けど、支部もあるし、バシリオスに後釜なんていくらでもいる。あれから八年経っても、あいつは裏切り者のお尋ね者に違いないし……古道具屋も安泰ってわけじゃない」

『古道具屋』の聞き慣れた響きに、急に現実に引き戻されたような気分になった。悪夢を見た後の現実は、必ずしもホッとできるものとは限らない。

映る世界が変わって見えるときもある。

立ち上がりながらフェルナンドは言った。

「おまえは俺のところにいたほうが安全だと思ったんじゃないのか。本当のところは、知らねえけどな」

窓辺のコーヒーポットなどの並んだ棚から、フェルナンドは新しい煙草を取り出し、そのまま腰をもたれた。パックの封緘紙の辺りを指で叩いて、飛び出した一本を歯で引っ張り出す。

酔いはどこかへ飛んだかのような顔でフィルターを口に挟んだ。

「俺のほうも手違いがあって、ジャレスとは偶然出会った。あいつを生かしたのは俺だよ。死ぬつもりだった男を引き留めた。あいつが逃げ場にここを選んだときは、まだ死にたがってんのかって思ったたっけな」

　ミノシエロ、天国に近いと言われる街。

　街の名は、地図で目を引いたのかもしれない。

「ルカ、俺はな、あいつの残りの人生に責任があるんだ。あのときあの場所で終わるはずだった奴に、その先を作ってしまったのは俺だから……あいつには笑っていてほしい。できれば、人生の終わりに『生きててよかった、おまえのおかげだフェルナンド』って感謝もしてほしい……まぁ、それは高望みだろうがな。けど、おまえが来て、もしかしたらって欲が芽生えた」

　途中から冗談か本気かしれない言葉を交えた男は、小さな暗い窓を背に煙草に火を点け、微かに笑った。

「おまえ、ジャレスに惚れてんだろ？」

　問われて、ルカは頷いた。

　なんの迷いも戸惑いもなく。今は当たり前に心に住み着いた感情に、名前があるのだと言われて気づいた。

　これは、恋だ。

　満足げに煙草を吹かし始めた男は、いつもの調子を取り戻しながら言う。

「そうだな、『ごめんなさい』って言ってみろ。そしたらお前を返品してやる」

フェルナンドらしい冗談のようにも聞こえる言葉。けれど、本気だとわかった。

自分自身、それをなにより望んでいるということも。

ゆっくりと一度瞬きをしてから、ルカは自然と返していた。

「ありがとう、フェルナンド」


明日が来るのを待てずに、酒屋を出た。

ジャレスの店を出たときは一生の別れも覚悟したけれど、フェルナンドとはこれきりじゃない。荷物もそのままの『返品』を選んだルカに、フェルナンドは「土産だ」と言って二人分のビールを投げ渡してくれた。

ルカは「グラシアス！」と叫んだ。

石畳を走り出した。

夜はまだ終わっていない。

酒屋は繁華街にもほど近く、酒場の周りは通りに溢れた酔っ払いが賑やかだ。酔客の間を搔い潜るようにして駆け抜ける。

見た目ばかりのゴツゴツした石の歩道は足裏に響き、走り続けるうち、一歩進むごとに鈍い痛みが突き上がるようになったけれど気にせず走った。

道沿いから人気が少なくなるにつれ、街灯も減る。頭上には星空が広がり、丘の上には黒いシルエットに変わった教会の三角屋根と十字架。そして天国への道、アウェウェテ。

視界の傍らで、星を纏った大木の影が揺れる。

ルカは寒さも感じないほどに、夜をひたすらにジャレスの元へ走った。

ビール二本を手土産に『返品された』なんて言っても、ジャレスは納得してはくれないだろう。頼んでまで厄介払いしたのなら尚更だ。

フェルナンドは、自分の身の安全を思ってジャレスがそうしたようなことを言っていたけれど、とてもそれほど都合よくは考えられない。

すぐに追い払われるかもしれない。

迷惑だと、今度こそきっぱりと言われるかも。

ジャレスの過去を知っても、自分と同じだとは思えなかった。愛する女性のいたジャレスは自分なんかと同じではないし、失った痛みを共有することもできない。

ジャレスのためになにもできないのに、どうしたいのか。

――わからない。

想いを打ち明けたくて走っているのではなかった。気づいてしまった自分の気持ちは、ジャレスには煩わしいものにしかきっとならない。

ただ、ジャレスが好きだ。

この感情が恋というもの。

初めて知った。ジャレスに応えてもらえるかどうかなんて、関係なく存在するこの気持ち。

ジャレスのことを思うだけで苦しくなったり、ちょっと冷たくされたら泣きたいような気分になるのも、たぶんそのせいだ。

胸がいっぱいになりすぎて辛い。時々痛いくらいなのに、この気持ちが嫌だとは思えない。

同じくらい、ジャレスを思うと幸せになれるからだ。

ジャレスが教えてくれた。

自分は、今までツイていたかもしれない。

生まれてからずっと、僅かな運が味方してくれたおかげで生き延びることができた。

でも、幸せじゃなかった。

自分は一つも、幸せなんか知らなかった。

与えられなかった。得られなかった。持っていないと気づくことすらできなかったから、自分からそれに近づく努力さえ、これまでしないでいた。

遠い海なんかじゃなかったのに。

目の前にいた。笑っている人。楽しげな人。誰かと語り合い、幸せそうな笑みを浮かべる街角の人たち。すぐ目の前に誰かの幸せは手本のように存在していたのに、知ろうとも欲しがろうともしなかった。

なに一つ、覚えていようとも。

覚えられないわけじゃなかった。生きるため、痛みを感じないようにするために、ただすべてを忘れようとし続けていただけだ。

――ジャレス。

会いたい。

この夜が最後になっても、一目だけでも。

そう、ただ会いたくて――

ルカは不意に足を止めた。

ドドドドと早い心音のように鳴る、アイドリング音。

ジャレスの店まであと少しというところに、見たことのない車が三台停まっていた。

石畳も途切れた通りにたむろした、怪しい男たち。繁華街から離れたこの辺りは、夜は人影少なく静かなものだけれど、住民が扉を閉ざしているのは異様な空気のせいではないかと思えるほどだ。

ルカには嗅ぎ慣れた匂いさえする。

「なんだよ、戻ってきてんじゃん」

向こうから近づいてきた。

「……誰？」

さほど苦しくはなかったつもりが、走り続けて思いのほか息は上がっていた。ハアハアと肩を上下させるルカを、男たちはニヤついた顔で見る。

「お嬢ちゃん、どうしたの？　興奮しちゃって」

六人いる。わかりやすく屈強そうな、髭面（ひげづら）のマッチョが多い。さり気なく確認した古道具屋は、明かりがついているようだけれど、三軒程先で中の様子までは窺（うかが）えなかった。

「誰だよ、嬢ちゃん逃げたつった奴は？」

「捜してたんだ。ちょっくら車に乗ってくれないか」

構わず脇をすり抜けようとすると、冷えた夜にもかかわらず半袖の男の、筋肉の隆々とした褐色の腕が伸びてくる。

「頼むよ。お嬢ちゃんがいねぇと、うちのおっかないボスの機嫌が悪くなるんだ」

隣の男を顎でしゃくる。なにか違和感があると思えば、隣の坊主頭にはあるべきものがなかった。耳がない。右も左も。

「命令聞き間違えただけでこれなんだから、わかるだろう？」

別の男が車の後部ドアを開け、『さぁ』と招くも、ルカは掴まれた腕をバッと振りほどいた。

自分に用があるだけならいいが、そうではないのは明らかだ。

フェルナンドの話を聞いた後では、尚更そう感じた。店が気になる。ジャレスが。足早に向かおうとする先を、また新たな男が塞ぎにかかる。

ルカは硬い声を発した。

「退いてくれ」

「行かせるわけねぇだろうが、クソガキ」

「退けっ、殺したくない」

「殺すだって？　ひゃー、お嬢ちゃんおっかないなぁ、ボスとどっちが怖いかなぁ！」

からかう男の声に、周りの男たちも揃ってゲラゲラと囃し立てるように笑う。

ルカだけが、ただ一人笑わずにいた。誰が引き金になったか、捕らえようと左右からバッと伸びてきた腕を、二本のビールボトルで叩き落とした。

躱しながらボトルを打ち合わせれば、ガラスの割れる音が通りに不快に響く。住人たちはますます引っ込んだか、窓には人の気配すらなく、頼りない小さな街灯だけが頭上で輝き続けた。

砕け散ったガラス。溢れ落ち、炭酸ガスの弾ける間もなく地面に吸い込まれたビール。ルカの両手のボトルは、もう握り締めた飲み口といくらかのボディが残っただけの割れものだ。

鋭く尖った透明なガラスは、ナイフの刃のように街灯の明かりを反射する。

冴え冴えと冷たい。音もない光。

瞬間、自分の両目から光が失せていくのを感じた。

死んだ目をして男たちを見る。

ああ、そうだったと思った。ジャレスに出会う前の自分はいつも、こんな目をしていた。感情もなければ、肌は吹き抜ける風の冷たささえも感じない。

そういつも、なにも感じなかった。

テーブルが広いのはよくない。

そう気がつくのに、ジャレスは三日もかかった。

料理は店を構えた頃からの習慣だ。趣味と呼ぶほど楽しんではいないが、いちいち食事を買いに行くのも面倒という理由で少しずつ覚えた。

どうせ店を開ける時間以外は暇だ。

その程度の気持ちで始めた料理ながら、ルカに食べさせるのが習慣に加わってしまい、なくなるとどうにも具合が悪い。つい作りすぎる。果ては『張り合いがない』とやる気も削がれてしまい、どうにも重症だ。

まるで減らない大皿の料理を前に酒を飲むジャレスは、深い溜め息をつく。

店の作業テーブルに運ぶ癖がついたのも間違いだった。元のキッチンの一人向きのカウンターはすっかり物置になってしまっている。

「……頼むから、『帰ってきてほしい』とか思うなよ。やっと出て行ってくれたんだ」

誰にともなく独り言ちる。

——あいつのためにも、これでいい。

気晴らしにかけたレコードはとうに終わっていた。かけなおすのも手間だ。頭の中でぼんやりとメロディを辿り、一曲鳴らし終えた頃、ルカに下した決断は正解へと変わった。

「その様子だと、とっくに店じまいのようだね。今日はレディ・エラはなしか」

戸口で声がした。

格子窓の木製扉がノックもなしに開き、ふらりと我が家へ帰宅でもするようにその男は無遠慮に入ってきた。

見なくともわかる。白いスーツだ。

横顔を向けたたまま、ジャレスは応えた。

「……そう思うんなら、勝手に入らないでくれるか」

「鍵もかかってなかった」

「壊されると面倒なんでね」

戸締りで守るようなものは、もうここにはない。価値あるものは、なにも。

ショットグラスを傾けながら飄々と答えるジャレスに、微かに笑う男は近づき、テーブルになにかをカタリと置いた。

「売りたいものがあるんだ」

目にしたジャレスは表情を努めて殺した。

動揺が滲みそうになる。

琥珀の留め具のループタイだ。一目で一級品と知れる石目には覚えがある。

石目は宝石の指紋だ。一つとして同じものはない。

「見覚えでも？」

「……いや。良い品だ」

「うちの島で仕事をしたいと話を持ちかけてきた客人がいたんだが、俺は他所の組織だろうと裏切りは嫌いでね。一度裏切る者は二度目も裏切る。二度裏切れば三度……わかるだろう？」

ただでさえ目立つ北欧系の容姿に、好んで白のスリーピーススーツを着る男は、昔と変わらず胡散臭い柔和な笑みを浮かべる。

笑いながら人を切り刻める男だ。

アダン・バシリオ・サルヴァドール。今頃はバシリオスの最高幹部の一人だ。お互い年を取っているはずだが、気味が悪いほど八年経っても変わりない。

含みのある言葉に「さぁ」と惚けて返すと、男は食事の並んだテーブルに飛び乗るように腰をかけ、ジャレスの顔を覗き込むような仕草を見せた。

「コルテスには速やかにお帰りいただいたよ。また君も会えるといいんだが」

「どうかな、永遠の別れのように街から去っていったからな。戻ってはこないだろ」

「ははっ、ここはミノシエロだろう？　天国への道だ。ああ、奴の行ける先とは違うか？」

「……悪いが、うちは高級品は買い取れない」

　押し戻した琥珀にはもう興味も示さず、サルヴァドールは勝手に話を続けた。

「ろくな土産も持たない奴だったが、世間話に出てきた店が気になってね。ガラクタを喜んで買い取る古道具屋の話だ。ついでに奴隷をうっぱらったそうだが……『ジャレス』、どこかで聞いたような名前だと思ったよ」

「珍しい名前でもないしな」

「古道具屋のジャレス。つまらない通り名がついたもんだな」

　ショットグラスに残った酒を飲むジャレスの無反応さえ楽しげな男は、高らかに歌うような調子で言う。

「古道具屋のジャレス、古道具屋のジャレス、ああ、何度言ってもしっくりこない。十回くらい唱えたら、なにか別の言葉に変わるんじゃないかな？」

「どうだろうな。俺には古道具屋のほうがしっくり……」

「暗殺者（シカリオ）のジャレス」

　体ごと顔を傾け、強引に視界へ収まった白い顔は笑みを浮かべた。薄赤く色づいた唇は、穏やかに微笑（ほほえ）んでいるのが常だが、目が笑うのを一度も見たことがない。

淡い緑の混ざったヘーゼルアイは、ぞっとするほどいつも冷ややかだ。

「とっくに死んだかと思ってたよ。捕まればどうなるか、考えなかったわけじゃないだろう？死んだほうがマシだと、『頼むから殺してくれ』と喚くような目に遭うとわかってて、のん気に商売なんてやってたのか？」

「親父殺しの罪を被らずにあの世に送れたんだ。あんたには感謝されてもいいくらいだ。ドンが死んでくれたおかげで、今は良い椅子にも座れてるんだろう？」

「はは、言うね」

口先だけで愉快そうにサルヴァドールは笑った。

「だいたい事を先に起こしたのはそっちだ。俺はどこに捕まろうと、口を割るつもりなんてなかった。どんな目に遭おうとな」

「どうだか、大口叩く奴ほど弱い。指先削がれたくらいでヒーヒー泣き喚く」

言葉とは裏腹に楽しげに言う。実際、楽しいのだろう。

えげつなさも相変わらずのようだ。

「しかし、おまえに関してはその言葉は信じてやってもいい。おまえに関してはな。だが、おまえ以外はどうだ？　家族はいなくとも、恋人は？　アリアナは？」

傍らのテキーラのボトルへ伸ばしかけた手を、ジャレスは止めた。チラと眼差しを隣へ送っただけで、勝ち誇ったような反応が返る。

「ほらね、おまえは今でも名前を出されたくらいで狼狽えるほど脆い。自分以外に弱みのある奴は、自分が弱いのと同じことだ。人質に取られたが最後、言いなりになる」

「はっ、イヤミを聞かせるためにわざわざ来たのか？　ご苦労だな」

「来た甲斐はあったよ。少しは学習したのかと思えば、おまえはどうやら今も変わってない。おかげでこっちは助かる」

　ジャレスは透明な液体をトプトプとグラスに注いだ。

　冷めきった料理は、もはや蠟細工にしか見えない。この店も、昨日までの生活も、たった一人の招かざる訪問者のせいで夢現にでも変わったように現実味が薄れた。

　八年前の悪夢に引き戻されたかのようだ。

「悪いが、こっちは朝から店開けて疲れてるんだ。要件があるならさっさと言ってくれ。俺に今更報復したいだけなら、とっくにそうしてるだろう？」

「簡単な話だ、ジャレス。もう一度、銃を取れ」

「……冗談がキツイな。勘違いしてるのかもしれないが、俺はもう銃は触ってもいない。そっちの世界じゃ、とっくに死んでる」

　ジャレスは唇を歪ませ、笑いを零したが、サルヴァドールは一瞬押し黙った。眼差しが一層冷える。

「そんな言い訳が俺に通用するとでも？　ちょっと隠居したくらいで鈍る腕なら、おまえは一流にはなれていない」

「そんなに買われてもありがたくもないし、ちょっとじゃないんだが」

「二千メートル先の標的（ターゲット）も確実に狙（ねら）える暗殺者（シカリオ）は、残念ながら知り合いにおまえしかいないんでね」

半分聞き流そうとしていたジャレスは、不覚にも顔を向けた。

「そんな条件……誰を殺（や）るつもりだ？」

「未来を変える男だ。バシリオスの未来をも左右する。日の出なんて望まない地下の連中もな。勢いだけで襲撃する馬鹿が後を絶たないせいで、警備が強力になる一方だ。もう奴は移動は戦車クラスの装備だし、どこへ行くにも満員電車並みのボディガードで、買収は焼け石に水だ」

お手上げだとでも言うように、男は白いスーツの肩を竦（すく）めて見せる。

「……市長か」

「ミノシエロみたいな田舎町がどうなろうと知ったことじゃないが、奴のせいで州内……いや、国内に足並み揃える動きが出てきた。綻びってのは目立たないところから始まるものでね、早いうちに断つに限る」

「それで、俺が引き受けるとでも？　そんな腕はもうないし、受ける理由もない」

「理由はあるさ。あの石だよ」

「……石？」

少しの酔いも運んでこないアルコールをなみなみと注いだグラスに、ジャレスは手をかける。頭は目まぐるしく状況を把握しようと動いていた。

「石は捉え方によって価値が変わる。つまらない石でも、誰かにとっては大事な石にもなり得る」

「そんな石は存在しない。あんたが石だと思い込んだものも、ここにはない」

「今いるかいないかは、大した問題じゃない。この世にいる以上、必要なら捕まえる。おまえの弱みを、どこにいても、なにをしていてもだ」

色のないグラス、色のない液体。微かに水面が揺れたのを、ジャレスは目にした。

摑む自分の指が震えたのを。

「ジャレス、なにを迷う必要がある？　たった一発の仕事でおまえは過去を清算し、今度は大事なものを守り通すことができる。こんな良い話はないね。これは脅しなどではなく、チャンスだ」

目を見開かせたまま応えた。

「……上手いことを言うな、アダン・バシリオ・サルヴァドール」

「はっ、それは良い返事と受け取ってもいいのかな？」

テーブルに座ったままの男は小首を傾げ、ジャレスは椅子から立ち上がった。

「少しは考えさせてくれ、あんたは昔からせっかちすぎる」

「どこへ行く?　考えても返事は一つしかない」

「その一つを迷うから、優柔不断なんて言葉は生まれるんだろう?　もったいつけたほうが、プロポーズの『イエス』も感動的になる」

向かったのは目と鼻の先だ。レジカウンターに入ると、テーブルから降りたサルヴァドールの顔ににわかな緊張が走った。

白いスーツの内に右手を突っ込む。

「おいっ」

「安心しろ、店に銃は置いてない。触ってないって言ったろ」

疑いの眼差しを向ける男は、ホルダーから銃を抜いた。ベレッタのM84。スーツのシルエットに拘り、コンパクトな銃を好むのも変わりない。遠くへ来たつもりでも、嫌になるほどこの世の隅々はこれまでどおりに動き続けていたらしい。

一瞥したジャレスは、銃口など気にも留めない仕草で、カウンターの引き出しの奥から布に包んだものを取り出した。

向日葵色の柔らかな布を解き、中から鉄の頭を覗かせる。

「十字架?」

「困ったときの神頼みだ。俺も年食って信心深くなってね」

半身は布に包んだまま、握った重く冷たい十字架を、目を閉じ額に当てた。祈りを捧げるように。迷いを振り切るように。

考えていた。

神ではなく、ここにはいないあの石のことを。黒く澄んだ凛とした眸。三日くらいでは、どうにも記憶は薄らぎもしてくれず、面影は居座り続けている。

「ジャレス、さぁ答えを」

時が来る。

急かす男の声にジャレスは「ああ」と顔を起こし、双眸をカッと大きく見開かせた。

「今答えをやるよ」

神のいない十字架。クロスを象ったルカのナイフの柄を左手で握り、振り上げる。

払い捨てた布は、マジシャンのスカーフのようにカウンターから舞い落ちる。鮮やかな向日葵色。その下から現れた凶刃の輝きに、サルヴァドールが反射で引き金の指に力を込めた。

「なっ……」

カウンターを赤い色が満たした。色を違えたように噴き出す鮮血に、サルヴァドールは絶句し、引き金の指は強張った。

弾が飛んでこずとも、ジャレスは苦悶の形相になる。さっきまで自分の一部だったものが、カウンターに転がる。

「はは、さすがによく切れやがる」

閉じてもいない目を、さらに瞠った。

とんだ悪夢だ。遠退こうとする意識。目を閉じればどこかへ吹っ飛んで途切れそうだ。

「な、なにやって……おまえ……」

狼狽するサルヴァドールを初めて見た。目の前で起こっていることが、まるで理解できないという顔をしている。

「残念、選択肢がなくなったな。もう俺に引き金は引けない」

ナイフを血だまりのカウンターに突き立て、のた打ち回りたいほどの激痛に前屈みになるジャレスは、目だけで男を仰ぎ見た。

切り落としたのは、右の人差し指だ。撃つだけならどの指でも引けるだろうが、超長距離の狙撃のような繊細な作業は無理だ。

「……何故そこまでする？　あんなガキっ、あいつはコルテスの売ったガキじゃないのかっ⁉　ただの奴隷……」

思いどおりにならないことの嫌いな男は、思いどおりにならない怒りを言葉でぶつけてきた。

「べつにあいつのためじゃない」

「だったらなんのためだっ？　ほかになにがあるっ⁉　あのガキを救いたければ、言われたとおりに一人殺ればいいだけだっ、おまえと縁も所縁もない奴をなっ！」

「一人殺れば二人殺ることになる。二人やれば三人っ……後はもう、数えきれないほどだ」

ジャレスは薄い笑みを浮かべた。

誰への嘲りでもない。気の遠退くような苦痛の中にも、昔はなかった穏やかな自分がちっぽけでも存在するのを感じた。

「それに、俺はただの古道具屋だ」


あの夜のことを断片的にしか覚えていない。

血を見るのは本当に嫌いだった。

臆病で卑怯者（ひきょうもの）の自分が狙撃銃（ドラグノフ）を捨て、両手にハンドガンを握った夜。襲撃した建物の中で、最後に行きついたのは倉庫を兼ねた広い駐車場だった。

引き連れた部下を盾に、車で逃げようとする幹部を追って迷い込んだ。最後の一人だった。

銃撃戦の果て、動くものもなくなった場所でしばらく突っ立っていた。

放心する耳に、微かな声が届いた。

「マルティーニ」

梁（はり）に吊（つ）るされたボロ布のような男が喋って驚いた。

死体だとばかり思っていた。男の足元には大きな血溜まりができており、土色のマットでも敷かれているように乾ききっていた。

拷問を受け、長い間吊るされていたのだろう。胸にも首にもロープは回っておらず、宙にでも浮いているかのような男の背中には、鉤爪(かぎづめ)状の太いフックがぶっ刺さっていた。

敵対する組織の者か、身内の裏切り者か。

市場の吊るし肉ほどにも興味はなかった。もうなにも。

「ジャレス・マルティーニ……あんたのことは知ってる。腕利きの暗殺者(シカリオ)だ」

男は雑巾に残った僅かな水分を絞り出すような、しゃがれた声で言った。

「……だからなんだ。一思いに殺してほしいってか?」

弾が残っていたら、撃ち抜いてやらないこともなかった。一人殺すも二人殺すも同じなら、百人殺すも百一人殺すも同じだ。

男の返事は違った。

「俺も連れて行ってくれ」

一瞬なにを言われたのかわからなかった。遠い異国の言葉でも聞いたみたいに、頭にまるで入らない。

この先が自分にあるとは、僅かも考えてはいなかった。

「行くところはない」

そう答えた。

目的地など、もうどこにもない。

行くべきところも、行きたいところも。

ここですべては終わりだ。この血反吐(ちへど)と火薬の臭いが入り混じり、憎しみと苦しみだけが充満したクソみたいな場所で、自分も死んで処理が面倒なだけの肉の塊へと変わる。

生き残るかどうかは、最初から問題ではなかった。

他人に殺られるか、自分で銃口を咥(くわ)えるかだけの違いだ。感触も味もよく知っている。アイスキャンディよりは不味(まず)いが、胃薬ほど不味くはない。

アリアナと出会う前は、無性にそうしたくなる瞬間が幾度もあった。

月夜をただ美しいと感じたあのとき。

風の凪(な)いだ一瞬の静寂、浅い夜のしじまに遠く響く鎮魂の鐘の音。どこかのベランダで誰かが誰かを想ってかき鳴らす、ヘタクソなギターの調べ。

深い藍色の空を泳ぐように、巣へと帰る二羽の鳥が連れ立って羽ばたく。擦り切れるほど聴いたレコードの、レディ・エラのメロウな歌声が狭間(はざま)を生む。

リズムが途切れると、『ああ、今だ』と思った。今、この瞬間に死ねたらちょうどいいと、自分はそうすべきだと思った。

今もそうだ。

ああ、またリズムが途切れた。

まだ弾はきっと残っている。

心はもうずっと先に死んでいた。無表情に顎下に銃口を押し当てたそのとき、男が叫んだ。

「マルティーニっ‼」

どこにそんな力が残っていたのかと思うほど、力強い響きだった。

「頼むっ、ここに残っても俺は死ぬだけだ。連れて行ってくれっ！」

◇　◇　◇

険しい顔で店に飛び込んだルカは、レジカウンターの前で振り返った男の顔に一瞬気が緩みかけた。

客が来ているのだと思った。

オフホワイトのスリーピーススーツ。シャツの色は前より淡いライトブルーだけれど、忘れかけていたあの客に違いない。

ただ、男の抜けるような白い顔に微笑みはなかった。強張る顔をしていた。白いスーツの前身ごろには、赤いラインのようなものが走っていて、あのときのリボンかと思った。

月の石を包み、不恰好(ぶかっこう)に結んだ赤いリボン。

こんな夜更けに返品かと焦るも、そうではなかった。

男の陰になっていたジャレスが見えた。

レジカウンターに立つ店主の姿。すべてが一瞬の出来事だった。

近づくほどに、鼓動が激しくなった。カウンターに敷かれて映った赤黒い布のようなもの。滴る布が、触れた男のスーツにラインを作っていた。

「あ……」

数メートルの間のことを覚えていない。意識が飛んだ。実際にルカの体も。床を蹴り上げ、飛ぶような勢いで駆け寄り、両手に握ったままのボトルを再び凶器に変えた。

「……っ！」

右のガラスの刃を男は仰け反って寸前で躱し、左からの刃を腕で防御しようとして白いスーツの袖が裂けた。ぶつかる二人の体に作業テーブルが揺れ、料理の皿が吹っ飛ぶ。激しく割れる音と、荒い獣のような息遣い。

歯止めになるものなどなく、全身の毛の逆立つような怒りにルカは飲まれ、カウンターの男が叫んだ。

「ルカっっ‼」

ジャレスの叫びに我に返る。

「……ジャレスっ！」

スーツの男は、ルカに銃を向けていた。

カウンターを血塗れ（ちまみ）にしたジャレスを見るルカの顔は歪み、止めなければ撃たれるとわかっていても、堪(こら)えきれずに動きそうになる。

「やめろ、俺は無事だ！　これはっ、俺が……俺が自分でやったっ！　そいつに手を出すなっ……そんな奴に、おまえは関わるんじゃない」

苦しげな声でも、ジャレスははっきりと言った。

「コルテスめっ、なにが奴隷だ。あいつ、重要な情報を黙ってやがったなっ！」

息を乱した男の声が響く。

ルカの両手のボトルには、表の男たちの血もついていた。銃を握る右手を突き出した男は、苛立(いらだ)たしげに銃口を揺らし、暗い穴をルカの眼前でチラつかせる。

「アダンっ！」

ジャレスの声に、『アダン』と名前で呼ばれた男はカウンターのほうを見た。

「ジャレス、おまえは俺になにかを望める立場か？」

自分を取り戻そうとでもするように、微笑がその顔に張りつく。

「あんたもっ、だろう⁉　あんたも俺と同じ……裏切り者だ」

「なにを言い出すかと思えば。一緒にするな」

「あのときっ……『手違い』がなければ、俺はたぶん騙(だま)されたままだった。ドンにしてやられたなんてこれっぽっちも疑わず、手先になり続けた」

「ああ、おまえはそういう男だよ。ジジイの忠実な良い犬だった」

「なんで俺は真実を知った？　なんで、手違いは起こったっ？　俺が疑うきっかけを作ったのは、あんたの手下が耳に入れた情報だ」

　問いながらも、確信を得ている顔をジャレスはしていた。

　これは質問ではない。

「……さぁね、なにが言いたい？　なにか証拠でも？」

　男はルカから一歩後ずさり、カウンターのほうへと寄った。

「ここにいたら、おまえらが死ぬか、俺が死ぬかになりそうだ。予定どおりに事が進まないのは嫌いなんだが、失礼するよ」

　男は左手でグレーの小紋柄のチーフを胸ポケットから抜いたかと思うと、さっとカウンターのものを取った。

　あまりの素早さに、無残に転がったジャレスの指だとはすぐにわからなかった。

「土産にもらっていく」

「……相変わらず悪趣味だな」

「手ぶらで帰るのも嫌いでね。これは証（あかし）だ」

　ろくに引き留めようとせず、行かせようとするジャレスが信じられない。カウンターの惨状を確認するルカは間合いを詰め、銃で威嚇（いかく）しながらじりじりと戸口のほうへ下がる男は言った。

「これが欲しいか？　敵（かな）うものをおまえが持っているかな？」

ポケットに戻しかけた血に染まるチーフを、カードでも切るように傷だらけのテーブルに置く。試されるルカは、包まれたものをじっと見据えた。

なにも持たずに生まれた。

金も家も、ありふれた親の愛情さえも。

その自分が、ジャレスの指と交換できるほどに価値あるものを持っているか。

ルカは男の冷たい目を見返した。

ヘーゼルの虹彩に淡いグリーンがある。微かな緑。ルカは視線を逸(そ)らさないまま左手のボトルを手放し、首の紐(ひも)を手繰って、服から白い小さな袋を引っ張り出した。

大事そうに提げた袋が出てくるのを、男は凝視して見ていた。

「これを」

ルカはテーブルに差し出す。

鮮やかな黄色いカタツムリの殻に、意表を突かれたらしい男は目を丸くし、それから噴き出すように笑い始めた。

「くだらない」

笑いながらも、男はチーフではなく殻を手にした。

「くだらないが、月の石よりは美しい。もらっておこう」

そのまま買い物客のようにドアを開け、去っていく。信じられない思いで見つめるルカは、慌てて背後を振り返ると、カウンターに駆け寄った。

「ジャレス、なんで…っ……」

そこに転がる自分のナイフを目にした。額に脂汗を滲ませる男は、右手を左手で握り込みながらも、ルカを宥めるように笑いかけてきた。

「すまん、ちょっと借りた。交渉に必要で……おかげで、決裂してくれたようだ」

「ぴょっ、病院っ、なんか血を止めるものっ……」

「あれを」

ジャレスが指差す。作業テーブルにループタイが転がっていた。止血するには都合のいい紐にルカは見覚えがあったものの、記憶を探るどころではない。

暮らし柄、応急処置ぐらいは覚えていた。

病院は遠く、フェルナンドに車を出させたほうが早いというので電話もかけた。やれることを一つずつ片づけながらも、やれることがなくなるほどに自分が無力で怖くなる。

傷ついたジャレスを前にフェルナンドを待つ時間が、永遠に思えるほどにルカには長く感じられた。

カウンターの丸椅子に座り続ける男の顔色はよくない。中に入っても、傍らに立っていることくらいしかできずもどかしい。

「ルカ、そんな顔するな……だいぶマシになった」

「嘘だ、こんな無茶苦茶な傷っ……」

「そうだな……本当言うと、さっきから気を失いそうだ」

「ジャレスっ？」

膝上で重ね合わせた手をよく見ようとしゃがみ込むと、苦笑いをジャレスは零した。

「言っただろ？　苦手なんだ、血は。まったく、最悪だ……こんなジャパニーズマフィアみたいなクソ真面目をやらかすなんて」

「俺がもっとっ、もっと早く帰ってれば……」

自分がいれば守れたなんて、おこがましいかもしれないけれど、考えずにはいられない。

ジャレスの視線がカウンターの向こう、作業テーブルに向かう。血のついた、元はビールボトルだったものがそこには転がっている。

「……そうなのか？」

ルカは首を横に振った。

ジャレスのさり気ない問いに、否定する。

「誰も殺してない。殺さない、約束だから……ジャレスと約束したから。それがここにいる条件だって」

「そっか……そうだったな。守れたんだな、おまえ」

遠い昔のことのように思える。

店の軒先に、コンテナボックスと一緒に不用品として出された昼下がり。

捨てられてもなにも感じなかった。風に吹かれるように、波に流されるように、浜辺から浜辺へ。漂流物と同じだった。

なのに今は。

「なんで泣いてる？」

低く艶やかな男の声。今は少し震えてもいる恋しい男の声は、こんなときでさえも優しい。

ジャレスの前にしゃがんだルカは、そのままへたり込んだ。男の傷ついた手を両手で覆い、ぽたぽたと涙を溢れさせた。

「こんなの嫌だ……なんでジャレスばっかり、こんな……こんな酷い目に」

「……酒屋で聞いたんだな。あいつの口の軽さも大概だな」

「違う、俺が……俺がっ、教えてほしいってっ、ジャレスの、ことが、知りたくてっ……ぜんっ、全部っ、知りたくてっ……知りっ、たかったから…っ……」

涙は滝のように流れる。

嘘みたいに泣いていた。二十一年だか、二十二年分の感情がドッと溢れ出てきたみたいに、気持ちが激しく昂り、ルカはしゃくり上げて泣きながら腰の内ポケットを探った。

継ぎはぎだらけの写真を取り出す。

怒られても殴られても、返したかった。ジャレスの大切なものだから。

「……捨てずに取っておいてくれたのか」

受け取る男は言った。

俯き肩を震わすルカに、誰にも言われたことのない言葉をかけてきた。

「おまえは泣くのな。人のために泣けるんだな」

「ジャレスだからっ、だよ……あなたが全部教えてくれたから……だからこんなに、哀しいんだ」

哀しみを知った。

ジャレスの哀しみも、自分が哀しい存在であったことも、この世界にはたくさんの痛みや苦しみが溢れていることも。

でも、喜びも知った。幸せと呼べるものも。

この世界はあまり美しくはない。知らないことを知っても。たくさん知るほどにその醜さを、嘆きを知るだけなのかもしれないけれど、合間に輝きがある。

アウェウェテの大樹の葉陰に光る星のように。

たぶんみんな、その小さな輝きを希望に生きていくのだろう。

——自分も、みんなと同じように。

「ジャレス、あなたが好きだ」

包んだ手は温かい。

傷つき、自分を癒してくれた優しい男の手。

ルカは触れてもどうにもならないと知りながらも、そうせずにはいられなかった。自分に癒しの力などないとわかっていても、想いを込め祈らずにはいられない。

「好きだ」

「あなたが好き……だから、どうか」

幸せであってほしい。

笑ってほしい。

ルカは心から、天へもどこへでも祈り、願った。

頭に降りてくる左手を感じた。店先で太陽の光を吸い込んだ帽子のように温かく大きな手は、ルカの短い黒髪を優しく撫で、涙は止まずにいつまでも両目から溢れた。


「ライム絞りも入れたほうがいいんじゃないかな?」

キッチンからバタバタと持ってきたツールをいくつかルカが掲げると、ジャレスは即答で首を振った。

「いらん。ライムぐらい左手で絞れるだろ。そんなのまで入れてたら、家ごと持って出なきゃならなくなるぞ」

ルカの選択は不評のようだ。ジャレスは店の作業テーブルに大きなスーツケースとボストンバッグ、ありったけの旅行バッグを広げていた。

荷造りをする右手は包帯に包まれている。

昼の光に包まれた店内は、あの夜の出来事がただの夢か幻であったかのようだけれど、現実だった。駆けつけたフェルナンドが、良い医者のいる病院を知っていると、遠くまで急ぎ連れて行ってくれた。

ジャレスの指は、再接着が上手くいった。切断は第一関節と第二関節の間で、指先がどこまで動くようになるかはリハビリ次第ながら、最善が尽くされた。

五日間、ホテル暮らしをして戻った。

病院が遠かったのもあるけれど、なにより店はもう安全とは言えない。あの男の気が変わるかもしれず、しばらく旅に出るとジャレスが言い出した。

熱にうなされていたジャレスの体調も落ち着き、出発の荷造りを帰って早々からやっている。

「あっ、手伝う」

服を畳むのにもたつく男に、慌てて駆け寄る。人差し指が使えなくとも普通にこなせる作業は多いけれど、ルカは世話を焼きたがり、シャツから下着まで詰めようとした。

「人のはいいから、おまえいいかげん自分の荷物を用意しろ」

ジャレスは呆(あき)れ声で言う。

「え……」

ルカの驚いた表情に、訝しむ声まで加わった。

「なんだ、その顔は？」

「え、だって……」

「おまえ、まさか……俺一人で出ると思ってるのか？　嘘だろ、おい」

「え……え、だって、ついて来いとか一言も」

もしかしてと微かな期待を抱きながら待っていたのだから、言葉がなかったのは確かだ。フェルナンドの店を『返品』になったのは伝えたけれど、「そうか」とだけ返った。

あの「そうか」にどんな意味が含まれていたかなんて、人の機微を読むには長けていないルカにはわからない。古道具屋が休業なら、もう役に立てることはないのだと、荷造りが最後の手伝いになるのかもしれないと、寂しく感じてさえいた。

「今更俺が追い出すとでも思ってたのか？」

「そこまでは……留守番ができたら嬉しいし、店の前にはいてもいいのかなって」

せめて、店先ででも待つのを許されたらと思っていた。

ジャレスはむっとした表情になる。

「アホか、危ないから出るって言ってんだろうが。おまえを残して行けるか」

「いいの？　ついて行っても？」

ルカは、急におずおずとした眼差しでジャレスを仰いだ。

恋心に気づいてから見るジャレスは、心臓にあまりよくない。些細なことにドキドキして、顔が熱くなったり、目が潤んでしまいそうになる。

「俺に幸せになってほしいんじゃなかったのか？　あれはそういう意味だと思ったが、違ったか？」

ルカは首を振った。

「違わない」

「だったら、おまえが手伝え」

「……了解」

「ルカ、ちゃんと意味わかってるか？」

怪しむ男が覗き込むように顔を寄せ、非日常的な距離に胸を高鳴らせるルカは、返事をしようとして「わっ」となった。

けして軽くはない体がふわっと宙に浮いた。

不意に腰を抱き上げられた。

作業テーブルの空いたスペースに座らせたジャレスは、ルカの肩口にぽすりと頭を落としてきた。

「……いてぇ、さすがに痛いな、傷に響く」

「えっ、ジャレスっ……ジャレス、大丈夫……」

狼狽えて手元を確認しようとすると、ジャレスの起こした顔はもう目の前にあった。

『あっ』と思ったときにはもう、唇が触れ合っていた。柔らかに重なり、離れる。短くとも、偶然でも間違いでもない。

確かな口づけだった。

「ルカ、おまえが俺を幸せにするんだ」

恋しい男は、言葉でも違えようもなく告げた。

「ジャレス……んっ……」

唇が戻ってくる。もう一度。

もう一度、最初からキス。

ルカのやや薄い唇をやんわりと潰し、優しく巻き込むように啄(ついば)んで。角度を変えて深く重なろうとする唇に、不慣れなルカはどうしたらいいかわからず、緊張に食いしばった歯列がぶつかった。

「……キスも練習が必要そうだな」

ジャレスの照れ隠しのような言葉に、頬を熱くしたルカは大真面目に答えた。

「キスは……こないだのが初めてだったから」

「え、嘘だろう?」

ルカは嘘は言わない。ジャレスには本当のことしか。

セックスを最後までした夜、抱き合いながらキスをしてくれた。無我夢中で、快感に頭が飛んでいて記憶がおぼろげだけれど、嬉しかった。

なにが問題なのかわからない。ルカがキョトンとしていると、ジャレスは左手で顔を覆って、頭を抱えるような反応を見せた。

「マジか……え、じゃあ俺はおまえのファーストキスを、あんな流れで適当に奪ったわけ?」

「そう……なるかな」

なんだかわからないけれど、ジャレスは焦っている。

「それって、重要?」

おそるおそる問うと、「大事に決まってんだろ!」と間髪容れずに返った。

一見素っ気なくて、クールそうに見える普段は無口な男は、もしかするととてもロマンティストなのかもしれない。

「ジャレス、嬉しかったよ?」

黙り込んでしまった男を、どうやって宥めたらいいのかわからず焦る。

恋はまだ生まれたての赤ん坊だ。キスも駆け引きも初心者のルカのたどたどしい声に、見つめ返す男は急にプッと噴き出した。

ジャレスが笑った。

「あ……」

ルカは、その眦にできた笑い皺を目にした。

伸ばした手で触れる。指先で目尻を辿ると、青く海を閉じ込めたみたいな眸が近づいてきて、ルカは、もう一度言葉にした。

「最初のキスが、ジャレスで嬉しい」

ジャレスは眸を細める。

「……二度目のキスは？」

「二度目もジャレスで嬉しい」

「三度目は？」

「三度……」

もうその先は言えなかった。

言う必要もない。三度目のキスに、ルカは正しく目蓋を落とした。

唇が押し合わさっただけで、蕩けそうになる口づけ。

ジャレスの下りた長い前髪が、くすぐったく頬や耳元を掠める。荷造りに邪魔だと言われ、ルカが手伝って結んだのだけれど、ヘタクソすぎてもうほどけかけている。

覚えることは、まだまだたくさんありそうだ。

「……ジャレス…っ……」

とりあえず今は、口づけだけで精いっぱいだった。

キスに夢中になりすぎ、頭がぼんやりする。

触れ合っているのに、抱きしめられたらもっと確かななにかが欲しくて。テーブルに座ったままのルカは、我慢できずに両足をジャレスの腰に絡ませた。

突っ立つ男の腰を行儀悪く足で抱き寄せ、覚えたてのキスに溺れる。

切なく疼き始めた腰を擦りつけ、荷造り途中の鞄も広げっぱなしのテーブルに二人で倒れ込もうとしたそのとき、戸口で音がした。

咳払いだ。

「おーい、人に車のガソリンまで入れさせておいて、そっちはイチャついてるだけか」

ルカはビクリと飛び跳ねた。

覆い被さるジャレスは、さして驚いた様子がなかった。クローズの札を下げた扉がいつの間にか開いており、呆れた目で見ていたのはフェルナンドだ。

「いいかげん、気づけよっ！　てか、気づいてたろ、ジャレスっ？」

隣の編みかご屋のチワワみたいにキャンキャン騒ぐフェルナンドに、ジャレスはマイペースに応える。

「フェル、助かる」

車を借りてきてもらうことになっているのは、ルカも聞いていた。

ジャレスに続いて戸口に向かい、表を覗くと店の前にシルバーブルーのツードアクーぺが停まっていた。直線的なラインながら、どこか色っぽさのある車だ。

「シボレー・カマロのベルリネッタ。どうだ、最高にクールだろ？」

「トラックじゃないのか。荷物が多いんだが」

「文句言うな。ていうか、おまえのためにカッコイイ車を調達してきてやったんだろうが。愛の逃避行に酒屋のトラックはねぇからな」

「そりゃ、お気遣いどうも」

苦笑いに始まったジャレスの笑い声は、フェルナンドの拗ねたような表情に、青空に届きそうなほど大きくなった。

「旅行なんて久しぶりだな。まずは海でも目指すか」

漠然とした目的地を定めるジャレスに、ルカは目を輝かせる。

「海、触れる？」

「ああ、触り放題だ」

どこかズレていながらも楽しげな会話に、いつも陽気なラテン男が車の扉を恭しく開けて見せた。

「ガソリン満タン、お好きなところへ」

誘われてレザーシートの車内を覗くも、荷造りがまだだ。

ルカは中へと戻って、一階と二階を駆け回り、大慌てで自分の分の荷物も纏めた。日が傾く前に二人分の鞄を詰めた車に乗り込み、「アディオス、アスタルエゴ！」と送り出すフェルナンドの覗かせた白い歯も眩しく、笑みを返しながら旅立つ街を思った。

毎日律儀に鐘を鳴らす教会と、街のシンボルの大きな木を、助手席のフロントガラス越しにルカは仰いだ。

「さぁ、出発だ」

ハンドルを握るジャレスが声をかけてくる。

ここはミノシエロ、天国に近いと言われる街。

けれど、天国ではない。地上の街は、世界のどこへでも繋がっている。命を輝かせる世界のどこへでも。気の遠くなるような広い海原の先の小さな島国にさえ、きっと。

心のままに旅へ出る。

今から二人で。

ブロロロとエンジンを鳴らした車は、ハネムーンの車の引きずる空き缶のように砂埃を上げて、勢いよく走り出した。

恋を学ぶシカリオ

地上の空はきらめいていた。

空のように青い海。いつか古道具屋の本棚の前にしゃがみ込んで見た、写真集の青だ。実際に目にする海は、風にうねり、白波を立て、太陽の光を無邪気に反射してキラキラと輝いていた。

沖には無数の白いボートが浮かんでいる。海水浴のベストシーズンを外れても南へ行くほど暖かい。浜辺の先からは騒がしい海鳥のように若者たちの声が響き、ビーチバレーの空高く舞うボールは、一点のオレンジの差し色のようだ。

ハッとなって見るルカは、砂に足を取られて前のめりになった。

「転ぶなよ？」

前を行くジャレスが振り返る。

濡れて平らに均(なら)らされた波打ち際と違い、乾いた砂浜は歩きづらい。

旅もひと月近く。初めて海に触れた日は、足を浸(つ)けただけでもおっかなびっくりだった。寄せては返す波をただただ奇妙な思いで見つめ、ルカは埋まる足先で砂をぎゅっと握りしめた。絶え間なく揺れる海は、そこにあるものすべてを沖へ運ぼうとしているように感じた。

海は青い。

けれど、海水は青くはない。手のひらでいくら掬(すく)っても色づいたりはしておらず、そのくせ機嫌によっても色合いは変化した。カリビアンブルーが自慢の海岸線も、天候次第でときには鈍色(にびいろ)にも沈む。

今日は青。

底抜けの空を映し込んだような美しいブルーだ。

「もう十月も終わるってのにな」

ジャレスが右手を出し、ルカは瞬(まばた)きをした。「ほら」と大きな手を揺らされてようやく状況を察する。

ぎこちなく手を取った。

握り返され、歩き始める。

転ばないよう気遣ってくれたのだろう。

ジャレスは優しい。

ぶっきらぼうな言葉の裏に秘められたその優しさに気づいてからというもの、ルカは些細(ささい)な言動にも胸が騒ぐ。

弾んだり、落ち着きなくふらふらしてみたり。初めて知った恋は、ルカを風に舞い踊る木の葉にでもなった気分にさせる。

ジャレスの元へ来るまでは、もっとずっとシンプルだった。スイッチを入れるようにオンかオフ。途中はない。曖昧は迷いを生み、迷いは命を脅かす。だからどんなときも心は杭で地面に打ちつけたように揺るがせず、ただじっとしていた。

今は違う。

風にそよぐジャレスの伸びた一つ結びの髪。

歩みに合わせて弾むビーチの景色。

背の高い男の肩越しに覗いたり消えたりして、空に舞うオレンジ色のボールさえもが、ルカの胸に衝撃を与える。

――世界は美しい。

どこまでも鮮やかな色彩に溢れ、力強く息づいている。

ずっとそうであったに違いないのに不思議だった。まるで今しがた産声を上げ、この世に生を受けた気分で、目に映るすべてがルカをびっくりさせた。

ドクドクしている。

繋がれた手の中にも心臓があるかのように感じながら、前を行く背中を見つめる。

「あんまり強く握るなよ？」

声に慌てて力を緩めた。ジャレスが差し出したのは、指を切り落とした右手だ。上手く繋がったとはいえ、まだリハビリを始めたところで、他人に握らせるなど無防備すぎる。

信頼を得られたと思っていいのか。

──だとしたら嬉しい。

単に、自分ごとき恐れるに足りないだけかもしれないけれど。

「ジャレス」

「ん？」

「えっと……そういえば、ジャレスはよく行ってたの？　海とか」

思い切るように尋ねた。

眩しい砂浜を恋人みたいに歩けば、どうしてもあの写真を思い起こす。デニムのワンピースを着た女性のこと。風に波打つ長い髪に、弾ける笑顔。しっかりと目に焼きついて離れないほどに、印象的だった。

今はもうこの世界のどこにも存在しないのが嘘のように、写真の印画紙の中でさえ強い輝きを放っていた美しい人。

「海か……よくってことはないな、昔住んでたところも内陸だったし。まぁたまには」

「りょ、旅行で行ったり？」

「そうだな、『ベリーズ』もいいところだった」

ルカのぎこちない問いに、皆まで察した答えが返る。背中で応えた男はちらと振り返り、苦笑いを零した。

「なにが知りたい？」

穏やかな声だ。

「あ……なにっていうかその……どんなだったのかと思って、あの海……ジャレスの恋人」

気になるのは海の色ではなく、人だった。

「元恋人な。そうだな、俺とはまるで違う人種だった」

「人種……」

「肌の色じゃなく、気質のほうだ」

サクサクと砂を鳴らして歩きながら、ジャレスは答える。

「肝の据わった、よく笑う女でな。俺がバーに転がり込んだのがきっかけで出会った。酒場で働いてたんだ」

「ウエイトレス？」

「バーテンも兼ねてたな。俺は面倒に巻き込まれて逃げ込んで……店はもう終わったところだった。俺も必死だったから銃で脅してでも居座るつもりだったんだが、『今日は売上が少なかったからちょうどいいわ、なんにする？』って。神経太いにもほどがあんだろ」

「すごいね。女の人なのに」

「まぁ、本気で売上がほしかったのかもな。しこたま飲まされた。それがきっかけで常連になって……昼に会っても酔っ払ってんのかと疑うほどケラケラとよく笑う女だった。喜怒哀楽を顔に出せるのは人の特技みたいなものだから、使わなきゃ損だとか屁理屈まで言ってたな」

「特技？」

「馬より早く走れなくても、馬より笑えるって」

「馬……」

確かに人間はよく笑う。人ほど表情豊かな生き物が珍しいのは、動物をほとんど間近で見たことのないルカにもわかる。

「冗談か本気かわからないことばかり言う女だったさ。しまいには『もっと笑いなさいよ』なんて、俺にまで説教臭ぇこと言い出すし」

ルカは広い背中を見つめる。

ジャレスは前を向いたままだ。不満そうな声を響かせつつも、不思議と微笑んでいる気がした。

彼女が笑わせようとした気持ちがわかる。

ジャレスの時折見せる、はにかんだような笑顔がルカも好きだ。照れくさげに目線を逸らして笑う顔を見ると、特別な言葉などなくともドキドキする。

――言えたらいいのに。

気の利いたジョークの一つも言えない自分をもどかしく思う。

人を笑わせたいなんて、これまで考えたこともなかった。もどかしいなんて気持ちも初めてだ。

「おっ、なんかいい匂いがしてきた」

「……え？」

「昼飯だ。やっと調達できそうだ。最初っからこの辺に停めればよかったな」

人気の少ないビーチの外れに車を停めたにもかかわらず、二人が賑わいを目指す羽目になったのは、胃袋がギュルギュルと空腹を主張してきたからだ。

ランチタイムをだいぶ過ぎている。ビーチに沿う通りには、点々と移動販売の車が並んでいた。タコスはタケロと呼ばれる屋台を中心に、どの街でも見かけるものの、フードトラックは珍しい。ペイントの色合いもカラフルで、まるでビーチのパラソルの色みたいだ。

ルカの鼻は自然とヒクつく。風に乗って漂う香ばしい匂いがなによりの看板代わりだ。

「オラ！　パセレ、パセレ！」

一番端の黄色のトラックに近づくと、女性が潑溂と声をかけてきた。パセレパセレはタコス屋台独特の呼び込みだ。

サイドのカウンターの間口から顔が覗く。見るからに快活そうな若い女だ。豊かな長いウェーブの赤髪をポニーテールにし、ルカと同じ健康的な褐色の肌をしている。

「タコスか……」

ジャレスがほかの車にも目を向けたのを女は見逃さなかった。

「うちのタコスは世界一よ？　この先行っても時間のムダムダ」

ニコリと言う。愛想がいいだけでなく商売人だ。ジャレスに『ここでいいか？』と目線で問われ、ルカは小さく頷いた。カウンター下の幾分日差しに褪せたメニュー写真を、左から右へと目でさっと撫でる。

定番でシンプル、一番安価な豚肉の煮込みのカルニータのタコスを選ぶと、女が言った。

「三百万ペソね」

ルカは面食らった。

きょとんと黒い眸を丸く変える。

「あはっ、ごめんごめん、冗談！　今時、真に受けてくれるコがいるなんてねぇ」

ジャレスがむすりと口を挟んだ。

「ぼったくるなら次行くぞ」

「ジョークだってば、買ってもらえないと困るわ。今日は寝坊して場所取り出遅れちゃったから、売上悪かったらセレナの小言の始まりよ〜。あ、セレナってうちの姉ね」

「いつもここに店を構えてるわけじゃないのか？」

「早い者勝ちね、ここは端でハズレもいいとこ。なぁに、イケメンのお兄さんまた来てくれるの？」

「美味かったらな」

「ふうん、じゃあ常連決定ね。世界一なのはホントだもの」

カウンターに身を乗り出す女は強気だ。真っ直ぐにジャレスを見据えたかと思えば、ビーチバレーの歓声が続く砂浜に視線を送る。

「ここはビーチも街も小さいから観光客は少なめだけど、居心地の良さは保証するわ。食事は安いし、人も優しいし」

「世界一のタコス屋も空いてるしな」

「あら、それは場所が悪いだけよ」

「どうだか」

会話のテンポにルカは圧倒されるばかりだ。

ポカンとなっていると、ジャレスに「もっとしっかり食え」とメニューを指差され、女はすかさずオススメをアピールして商売っ気を出した。

実際、移動販売のタコスはトルティーヤが小ぶりで、余裕でいくつも食べられる。二人は四つずつ購入し、そう待たずにできあがると、紙包みの食料を手にUターンして車に戻った。

フェルナンドが調達したシボレー・カマロだ。『ろくに荷物も乗らない、無駄にデカいアメ車だ』とジャレスは愚痴を零すも、コンバーチブルのオープンカーの開放感はそれだけでランチタイムを極上に変えてくれる。

海を臨む椰子の木陰で大口を開けた。

具材のジューシーさが、どっと溢れて口いっぱいに広がる。

どこに行こうとトルティーヤが主食の国ながら、街によってそれぞれに特色がある。海際でタコスなら、やっぱり魚介だ。端から零れ落ちそうになるタコやエビをキャッチし、無心で胃袋へと送り込む作業にしばし没頭する。

食欲が満たされてくると休み休み、動きは鈍った。

「どうした、もう腹いっぱいか?」

ジャレスがこっちを見ていた。

「あ……うん、まぁ」

「美味くないか?　世界一だの言うだけあって、結構いける」

「美味しい。けど……」

「なんだ?」

「……ジャレスのはもっと美味しかったなって」

タコス以外も。食事はいつもどれも満たされた。始まりは店先で施された硬いパンだったのが嘘みたいに、ルカにはめくるめく夢のような時間だった。

記憶へと変わってしまったのを、少し寂しく思う。

「はっ、俺のは大した材料も使ってないぞ。カルニータは、店に比べたら煮込み時間も甘いしな」

「あ、あったかかったから……できたてで」

「これだって、できたて熱々だ」

「そ、それはそうなんだけど、えっと……」

しどろもどろになるルカに、ジャレスはふっと口元を綻ばせる。

思い当たったように笑んだ。

「そうだな、そんなに気に入ってたなら、またミノシエロに戻ったら作るさ」

「……うん」

頷いたものの、いつ旅は終わるのかわからない。

早くもあの街に帰りたくなっているのか。象徴的な丘上のアウェウェテの緑は、脳裏に聳え立つようにいつでも浮かんだ。ついでに、パンパンと鳴り響く乾いた銃声までをも思い出す。

長閑とは言い難い街だ。にもかかわらず、まるで故郷であるかのように思い出している。故郷なんて持たなかっただけに、するっと空いた席にでも収まるみたいに、ルカの中であの街が懐かしむ場所へと変わった。

ピンク色の壁の古道具屋。傷だらけの作業テーブル。食事時にはたくさんの皿が並ぶ。ジャレスの手料理はどれも温かくて美味しくて、ルカはじんわりと舌を喜ばせながら、時折テーブルの向こうを盗み見た。

テキーラグラスを手に、気に入りのレコードのジャズシンガーのメロウな歌声を楽しむ主人。ルカの手には、最初に自分専用になった軽くて使いやすい東洋のスープボウル。今もふと思い出しては、持って出なかったのを後悔している。旅先で使う当てなどないのに。

宝物のように、頭にしまった思い出。

いつしか引っ張り出して脳裏に並べていたルカは、声に軽くビクリとなった。

「ソース、顔ついたままだぞ」

顎の左側を示され、ハッとなる。

「……あ」

ぼんやりしすぎだ。タコスを包んだペーパーの端で慌てて拭った。

「ごめん」

「おまえ、ときどきガキみたいだな」

「そこは謝るんじゃなくて否定するところだろ。案外、俺のほうがジジイなだけかもな」

「ジャレスは、おじいさんでもおじさんでもないよ」

「じゃあなんだ？」

改めて問い返されると、言葉に詰まる。

「えっと」と口にしたきり、しばらく返事は途切れた。

「………お兄さん」

「今なんで黙ったんだ？　本当は中年って言おうとしたんだろ？　立派にオジサンじゃねぇか」

「ちっ、違うよ」

食い下がられてまごつく。ルカは嘘は言っていない。ただ、タコス屋の女性のように軽く枕詞を添えられなかった。

——カッコイイ、お兄さん。

ジャレスはハンサムだ。店先で帽子を顔に被った昼寝姿でさえ、女性客を呼び込めるほど色っぽくもあり、絶え間なくフェロモンを放出している。

今だってそうだ。

「嘘つけ。ルカ、正直に言ってみろ」

「ホント、本当だから…っ……お兄さん」

「また間が空いた」

「だから、それはその……」

身を乗り出されて、余計に狼狽える。

運転席からぐいと近づく端整な顔。海を眼球に閉じ込めたようなブルーアイ。

今や木の葉となったルカの心は、その眼差しを感じただけで息でも吹きかけられたようにひらひらふらふらと舞い上がった。

実際、もう息遣いも感じる距離だ。

「あの……」

細かに揺れる黒い眸を覗き込まれれば、疚しいところなどなくとも胸はバクバクと鳴る。大きな手を翳され、びくりとなった。

頭を叩かれるのかと思いきや、ジャレスの手のひらを感じたのは頬だ。

「ここにもソースついてる」

「ジャレス……」

「乾いて取れないな」

ルカは、ひくっとしゃっくりみたいに身を弾ませた。あろうことか、れろっと舌先で頬を舐められた。

確かめるように二回。

舐め終えても、どこにもいかない。ジャレスの眸はじっと間近で自分を見つめていて、まるで合図でも受け取ったように、これはアレなのだと理解する。

ジャレスとしかしたことのない行為。

——キスされる。

キスがもらえるかもしれないと思っただけで、胸の奥にきゅっとした痛みが走る。どこか心地のいい奇妙な痛み。

ぎゅっと目を瞑った。すぐに訪れるはずの感触はなかった。

——もしかして、間違い？

恐る恐る薄目を開けると、キャッキャとした声が響いて夢見心地のルカは現実を知る。

「しないのぉ、キスぅ〜」

いつの間にか車のボンネットに、子供の顔が三つ並んでいた。

女児一人と男児二人。気づかないほうがどうかしている。

「キッス！」「キッス！」と連呼で囃し立てられるも、硬化したまま反応できない。覗きも野次も遠慮のない子供たちは、「つまんないの〜」と期待外れの声を上げ、パッと一人が駆け出せば残り二人も続いた。

瞬く間に飛び去る小鳥みたいだ。

「くそ、フェルナンドがこんな車を用意するから」

ジャレスがぼやいた。

「あ……び、びっくりしたね」

「やっぱりオープンってのは無防備すぎんだよ」

置き引きや強盗などの犯罪を心配すべきところだろうけれど、今は罪深い無邪気な見物客の視線だ。

——キス、してもらい損ねた。

頬にまだじわりとした熱を感じる。褐色の肌は紅潮したところで目立ちにくいとわかっていても意識する。

「屋根があれば、やれることも広がるのにな」

気づいてか気づかずか、ジャレスの揶揄(やゆ)るような一言に、背筋までビクンとなって伸びた。

「今、変なこと考えただろ?」

「……ジャレスだって」

泳ぎ出させそうに目を揺らしつつ言うと、笑う男は「俺は違う」と軽く否定した。

ジャレスはハンドルに両腕を抱くようにかけ、背の高い建物の沿岸に集中した街を見渡す。

「この辺にしとくか」

「え?」

「この先行っても、リゾートで豪遊するような金はないしな。彼女の言うとおり、ここは治安も悪くなさそうだ。女一人で早い者勝ちで店の場所取りができるくらいだしな」

言われてみれば確かにそうだ。

海の輝きのせいか、街の表情もミノシエロよりずっと穏やかに映る。こんな街がいいのかもしれない。身を落ち着けるにはちょうどいい。ほとぼりが冷めるのを待つ逃亡者でもある二人が、観光客顔で紛れ込んでしまうには。

光る海。

ピカピカだ。

青いだけでなく、白い光が波頭で跳ねるように躍る光景は、いつも重たく凪(な)いだようだったルカの心さえも弾ませる。

綺麗だ。


昼に無邪気な覗き被害に悩まされたせいか、ジャレスが宿に選んだのは、いつもの安っぽい平屋のモーテルではなかった。

七階建てのホテルだ。長期滞在と眺めの劣る丘側の部屋であるのを理由に、ジャレスが値段交渉をしてくれ、破格値で泊まれることになった。

海は見えない。

けれど今、ルカの前に海と同じ青い色はある。

「……は…ぁっ」

吐息が零れた。

部屋の小さなナイトテーブルのランプに照らされた男の端整な顔。至近距離で見つめる双眸は深く青い。

部屋のベッドはツインで、夜も更けるとルカはジャレスのベッドにいた。向かい合って座った腰を寄せ、重ねた二人分の肉の棒を両手で摩擦っていた。

昂るほどに、表情も眼差しも緩む。自然と何度もキスもした。ちゅっちゅっと音を立てて唇を啄み合い、まるで恋人同士みたいだと密かにルカは思う。

口をそっと開けたら、深いキスもくれた。

もっとしてほしくて舌を伸ばしたら、いっぱい舐めたり吸ったりしてもらえて、ルカは黒く澄んだ眸を潤ませる。涙に睫毛まで濡れた。

熱い溜め息がジャレスの唇から零れる。

「……もう、トロトロだな」

顔のことだか、重ね合った昂ぶりのことだかわからない。同じだけ感じているはずなのに、ルカのほうがずっとヒクつき、ぬるつく透明な雫が先端から止めどなく溢れ出ている。

「ジャレス……ごめ……」

「なに謝ってんだ？」

もうしなくてはと思った。

名残惜しい身を一旦離して、犬や猫が丸まるように深く身を屈ませる。座ったままの男の股間へと顔を埋めて、いつものフェラチオへと移行した。

「ルカ……」

ルカ自身は快感を得る行為ではないけれど、そう錯覚するほどに嬉しい。

ジャレスのセックスの相手にしてもらえていることが。自分の体を使って気持ちよくなってくれるのなら、それだけでもう。

——嬉しい。

旅の間にセックスは何度もした。ジャレスの怪我の負担にならないよう、気遣いながらではあるけれど、元々ルカが教えてもらったのは能動的なセックスだったからあまり問題はない。

すっかり巧みになった舌技で、ジャレスの大きなペニスを愛撫する。嵩のある亀頭から、太く張った幹の根元まで。括れのところは張り出しがきつくて、念入りに舐めたり口腔の粘膜を窄めて摩擦するうち、ルカの両目はいつもひどく潤んだ。

苦しいだけでなく、思い出してしまう。口ではない場所で頬張る瞬間を。身の内にある、感じやすいところを刺激してもらう快感。

性技の練習をしていた頃と違っているのは、ルカが反応を隠さなくなったことだ。ジャレスを欲して熱を上げてしまうのを、ルカは誤魔化さなくなった。

口淫の間も無意識に尻をもぞつかせる。ねだりがましいその動きに、大きな手が応えた。するりと臀部を這う。柔らかさなどないに等しい尻たぶをマシュマロのように揉まれて、体の奥が切なく疼いた。

「ふ……っ……う……んっ……」

指先がそこを撫でるのを感じた。

ゆっくりと浅い道筋を辿り、ジャレスの指の腹が敏感な入り口を淫猥に摩り始める。

やがて、とろりとした感触のものが垂れ落ちてきた。ナイトテーブルに用意した、潤滑用のオイルに違いない。待ち侘びるあまりヒクヒクと恥ずかしく震え始めたそこを、指先はぬるっと押して開いた。

「んん…っ……」

ルカは激しく身を捩らせる。期待したにもかかわらず、指を追い出そうと反射で身はくねり、ルカは口淫を解いて顔を起こした。

「……れすっ……ジャレス、ダメだよ」

失望の声が返った。

「……またか」

「またって……ダメだって指はっ、本当に……ダメだから」

「こんくらい、良いリハビリになんだろ。おまえがメチャクチャに締めつけたりしなければな」

「そんなの……」

「約束できないか?」

ふっと男は笑う。

ジャレスは冗談めかすも、ルカは指の負担を気にかけていた。

「ジャレス、やっと痛みが取れてきたところだって、言ってた」

「それは、まぁそうだが……」

「この辺、大きな病院はもうないよ？」

手淫で指がぽろりと取れるような心配はさすがにないけれど、なにかあっても対処しきれない。

旅の初めはなるべく大きな街を回っていた。定期的に傷の具合を診てもらう必要があり、ときには強い痛み止めも処方してもらった。やっと治りかけた傷だ。

脅しめいた言葉が効いたのか、ジャレスの手が引っ込んでホッとする、聞こえよがしの溜め息は、聞こえない振りでやり過ごした。

「自分で、ちゃんとするから……それも、貸して」

手のひらサイズのボトルを受け取ろうとすると、訝る眼差しでジャレスに問われた。

「……ルカ、わかってるか？　おまえはもう男娼でも、男娼志望でもない」

「え……うん、わかってるよ？」

頷きつつも、ルカは不思議な思いだった。

そもそも自分は一度も稼げてはいない。客は一人も取れずじまい。ジャレスから手ほどきを受けただけで、どうして心配げな顔で確認されるのかわからなかった。

「……ならいいけどな」

もしや不興を買ったのかとひやりとなる。

ジャレスに嫌われるのは嫌だ。焦って瞠らせた目を幾度か瞬かせると、しょうがないと諦めたみたいに、ジャレスは苦笑した。

髪を撫でられ、優しい手つきに心から安堵した。

「手を出せ、濡らしてやる。そんくらいさせろ」

ジャレスはルカの手を取り、指にオイルを垂らした。少しひやりとなる感触も、指先から根元へ向けて伸ばされるうちわからなくなる。

ジャレスの手の温かさに包まれる。

優しくされるとそれだけで下腹の辺りがきゅうっと疼いて、あの痛みを感じた。

心地いい痛み。芯から喜んでいる自分がいる。

その後も、ずっとジャレスは優しかった。

「一本じゃ足りないだろう？」

二本、三本と利き手の指を濡らされて、体のあちこちが体液に潤んでくるのを感じた。ジャレスを見つめる眸も、痛いくらいに勃起した性器も。

ルカは自ら後ろを指で慣らした。手早く済ませようとすると、「まだ足りないだろう？」「そんくらいで、俺のが入るか？」と引き延ばされ、丁寧になる。言葉で煽りつつも、ジャレスはルカの体を気遣っているようだ。

大切に扱われている。

——大事なのはジャレスのほうなのに。

初めてだった。ズボンにしつらえていた腰の隠しポケットや、首から下げる小袋に入らないほど大きくて重たい、なによりも大切なもの。

「ジャレス……いい？　もう、したい」

許しを請い、ルカはジャレスの腰を跨いだ。騎乗位でのセックスが自然な流れになったのは、傷の具合がまだよくなかった頃の名残だ。けれど、ルカは自らそうしたいと思ってもいた。

向き合うのは嫌いじゃない。むしろ、ずっと好きだ。

ジャレスの顔をいくらでも見つめられる。

恥ずかしさは否めないながらも、自分の体で気持ちよくなってくれているという実感も得やすかった。娼婦や男娼にも劣らない快感を得てほしいばかりに、動きも直向きになる。

終わった後の時間も好きだった。脱力した体を抱きしめてもらう一時は、ルカにとっていつのまにか幸福の極みの大切なスキンシップになっていた。

初めてのホテルで勝手がわからずまごついた。

ツインのベッドは広くなったようでいて、一つ一つはシングルサイズだ。

男二人で眠るには明らかに狭い。ミノシエロのジャレスの家よりも小さなベッドだ。

「……ルカ？」

事後に、ほどなくして身を起こすと、うとうとしかけていたジャレスが目を覚ました。

「あ……向こうに、自分のベッドに戻らないと」

「べつに、こっちにいればいいだろ」

「俺、寝相があんまりよくないし……ジャレスの手を敷いたりするかも」

「寝るときまでその心配か。甲斐甲斐しすぎるのも困りものだな。最初はケガも悪くないと思ったもんだが」

どこか困惑したみたいな声で、ジャレスは言った。

「ルカ」

布団を抜け出すルカの腕を一瞬摑んだ。

「ジャレス？」

「いや……おやすみ。よく寝ろよ」

やっぱりなにか不服なのかと思いきや、すぐにも声は和らぐ。するっと解けた手に、それ以上は居座る理由もなくなってしまったのを、残念に思う自分がいた。

「おやすみなさい、ジャレス」

戻ったベッドは、やけに冷たく感じられた。

温められたはずの体は急速に冷めて、ルカは寝つくのに時間がかかってしまった。

——よく寝ろよ。

命じられたように何度も思い返し、早く眠らなければと焦った。

朝、隣にジャレスの姿がなかった。

目をしょぼつかせて見たベッドは白い陽だまりだけになっていて、ルカが慌てて飛び起きるとサイドテーブルにメモが残されていた。

『散歩してくる』

窓からの朝日は、狙い定めたようにジャレスのベッドへ向かっている。

眩しくて早くに目が覚めたのかもしれない。

「あ……」

選んだのはジャレス自身だ。チェックインしてすぐに、『カーテンが薄っぺらだ』などと不満を零しつつも、ベッドは右がいいと言い出した。いつもは拘らないだけに、不思議に思っていた。

どうやら自分が寝過ごせたのは、日陰を譲ってもらったかららしい。

――ジャレスは優しい。

ルカは慌てて顔を洗った。着替えは袖を通すのももどかしく、ブロックチェック柄の半袖シャツをタンクトップに羽織りながら部屋を飛び出す。

行く先まではメモに書かれていなかったけれど、迷わずビーチを目指した。

今朝も快晴だ。空は青い。この辺りの建物はスパニッシュ・コロニアル様式の影響がある。

カラフルではないけれど、白壁にオレンジ色の屋根が眩しく、いかにも海辺の街らしい。ホテルは内陸寄りの丘の上だ。街並みの向こうにキラキラとした海が見えた。

誘うように光っている。

今日もピカピカだ。

温い風を深く吸い、暖かい日差しを全身に浴びる。

ルカは坂を転がる勢いで下りて、海を目指した。

ビーチには海水浴というより日光浴の客が、転々と散らばっている。あてどなくジャレスを見つけ出すにはさすがに広い。次第に歩みのスピードを落としながらもキョロキョロと探し続けていると、黄色いフードトラックが目についた。

昨日のタコス屋だ。

今日は良さそうな位置に停まっているものの客の姿はなく、トラックからは女性の笑い声が砂浜まで響いていた。

楽しげな声に誘われる。

「だから質より量だってば！　何回も言ってるのにもう〜」

「俺は仕事が丁寧なんだよ」

「ものは言いようね〜」

近づいてみると、ドアを開け放したトラックの後部から中の様子が窺えた。

並び立つ男と女の姿が見えた。奥のジャレスは手を動かし、なにか作業をしているようだ。

「こんなに用意して、売れ残っても知らないぞ」

「大丈夫、ランチタイムになったら飛ぶように売れるから」

「根拠のない自信じゃないだろうな？」

「やぁね、ちゃんと実績に基づいて……あら！　おはよう、お寝坊さん」

棒立ちのルカに、彼女が気づいた。客商売だけあってか目ざとい。

「おはよう……ございます」

パッと白い歯を覗かせた笑顔が返り、隣のジャレスもこちらを見る。

「ああ、ルカ。なんだ、探しに来たのか？」

「あ……うん、ごめん寝坊して。えっと、なにしてるの？」

「なにって、あー……」

軽く尋ねたつもりが、返事が鈍った。

店の手伝いなんて、ジャレスらしくもない。古道具屋だって商売だ。誰とでも気さくに話す店主ながら、いつもはその場限りで、ジャレスは客と親しくなろうとしなかった。

一線は越えない。途中に高い壁でも聳えているかのように、あの人懐っこいフェルナンドでさえ壁の向こうで、距離を感じるくらいだ。

「うちのタコスの味が忘れられないんですって。弟子入り志願よ、ねっ？」

彼女の肘が、ジャレスの脇腹を突いた。助け舟でも出すように代わって答える。なにか秘密でも共有したみたいな二人。

「それはない……が、まぁ暇だったしな。メシ代も浮いてちょうどいい」

「あら、まだタダ飯を食べさせてあげるなんて約束はしてないわ」

「そりゃないだろ、散々手伝わせといて」

「ちょっと荷物運びと仕込みを手伝ってもらったくらいよ。そうね、そこのトマトもカットしてくれる？」

「これ全部か？　はぁ、夢でうなされそうだな」

眉を顰めつつも、言われるままに包丁を握る男の手をルカは見逃さなかった。

「ジャレスっ、危ないよっ!?」

怪我の右手だ。思わず身を乗り出して叫び、ぎょっとなった二人がこちらを向く。

ジャレスは苦笑いで応えた。

「大丈夫だ、これくらいリハビリにちょうどいい」

傷の位置を示すようにテーピングをぐるっと巻いた手に、彼女も目を留めた。

「あなた、指をケガしてるの？」

「ちょっとな、まぁ繋がってるから平気だ」

「やだ、繋がってなかったら大事でしょ！」

ヘタなジョークと思ったらしく彼女は笑い飛ばす。

自らナイフで指を切り落とした上、持ち去られそうになったなど、普通に暮らす人間は想像だにしない。長閑な海辺の街ならなおさらだ。

「切ったの？　バイキン入ったりしたら大変よ？」

「大丈夫だ。病院にも行って……」

飄々と答える男の声は、撥ねのける勢いの甲高い声に遮られた。

「ビアンカ！　神聖なキッチンに男を連れ込むなんてどういうつもり!?」

ルカはビクンとなった。

彼女の名前はビアンカというらしい。

重要なのは、そこではなさそうだけれど。

突然現れた声の主は、ルカの隣でわかりやすく目くじらを立てている。ビアンカと瓜二つの背格好ながら、シンプルなTシャツにジーンズ、長い髪を三つ編みにして下ろした飾り気のない女性だ。

そういえば、昨日姉がいると言っていた。

「えー、今日早いじゃない、セレナ。男を入れちゃダメだなんて決まりはなかったと思うけど？」

煙たげな反応だ。紹介されずとも微妙な仲であるのが伝わってくる。

「決まりがなかったら連れ込むの？　犬でも猫でもＯＫなわけ？　常識で考えてちょうだい」

「自分の常識が世界の常識みたいに言わないでよね？　あんたの常識、だいぶ古いしズレてんだから」

　フフンと妹は挑発的に答え、見事に火に油を注いだ。

「あなたは随分と最先端だこと。そのズボンはどこで流行ってるのかしら？」

　矛先が服装へと移る。ビアンカは鮮やかなオレンジ色のタンクトップに白シャツを羽織り、下は褐色の太腿も露なデニムのショートパンツだ。

　ハアと聞こえよがしの溜め息をビアンカはつく。

「まぁた服の話？　毎日言わなきゃ気がすまないの？」

「あなたを心配してるのよ。女だけの店だし、隙を作らないで。そんな恰好、この辺じゃ娼婦とおバカな観光客くらいしかしないもの」

「娼婦はミニスカートでしょ？　これはパンツ！　それにエプロン巻いてりゃわかりゃしないわ」

「わからないなら穿く必要もないでしょ」

「あら、オシャレは自分のためにするものよ。セレナは男に媚びるためにするんでしょうけど！」

「私は無駄なオシャレなんてしないわ」

「自分がダサいのを正当化しないでよ」

互いに着火し合うような言葉の応酬は、皮肉にも息がぴったりだ。

「お二人さん、退散したほうがいいならそうするが？」

口を挟む気など毛頭ないルカは棒立ちながら、ジャレスはするっと割り入った。

「気にしないで、セレナのヒステリーは毎度のことよ」

「ヒステリーって……」

「彼はジャレス。タコス分、働いてもらってるの。ドリンクのケースも運び入れてくれたのよ。あんたが配達代をケチってセルフで積んで腰痛めたやつ」

ビアンカは奥のビールケースに目線を送り、ジャレスは軽く挨拶をした。

「どうも。噂のお姉さんに早速会えてラッキーだな」

「……どうせ悪口でしょ。こっちの彼は？」

「俺の連れだ」

隣から遠慮のない値踏みの眼差しを向けられ、ルカはぎこちなく口を開いた。

「ルカ、です」

「あら、良い名前じゃない。光をもたらす者、聖人ね。セレナが好きそうな名前だわ」

ビアンカのほうが反応して笑んだ。カラカラと笑いながら続ける。

「男手あるとやっぱりなにかと助かるわねぇ。それにほら、言ってたとおりのイイ男でしよ？」

「……昨日話してた？」

「そ、『バルニール』のカバーみたいな色男よ」

ビアンカの目くばせに、セレナはジャレスを見る。

二人の呼吸が珍しく揃った。どうやら姉妹の間でジャレスは話題に上っていたらしい。バルニールマガジンは本屋など滅多に入らないルカでさえも知る、メンズ雑誌だ。

男前は存在だけでケンカの仲裁か。

ジャレスは苦笑一つで会話を流した。

「勝手に上がり込んで悪いな。迷惑ならすぐ帰る」

「私は買い出しがあるから、もう行くわ」

「セレナは愛想なしだから店番には向かないのよ～。もっぱら買い出しと経理が担当なの」

「あなたが計算もろくにできないからでしょう、ビアンカ」

再び勃発しそうになる争いに、ジャレスが最強のカードを切った。

「お二人さん、ケンカしてると客が逃げるぞ」

トラックの前を通りかかった子連れのファミリーが、こちらを見ている。

イケメンよりなにより飯のタネだ。

姉妹は声を揃えた。

「オラ！　パセレ、パセレ！」

結局、ファミリーが購入したのは子供たちへのジュースのみだったものの、ジャレスが大きなボウルをカットしたトマトでいっぱいにする頃には、客も次々と現れ始めた。

昼時には列を作ると言うのも本当なのだろう。ジャレスはトラックから降りると、やっと狭い空間から解放されたとばかりに肩首を大きく回して伸びをする。

「待たせたな」

「ううん、全然……」

ルカは勝手に待っていただけだ。

勝手にきて、勝手に忠犬のように待っていた。

「ジャレス！」

トラックで調理中のビアンカが、顔だけこちらに向け声をかけてくる。

「明日も来る？」

「あー、時間があったらな」

「あはっ、旅人の時間はたっぷりあるでしょ！　積み込みまた手伝ってよ、助かるわ」

ジャレスはひらと後ろ手に手を振り、歩き出した。

ルカは慌ててその後をひょこひょことついて歩く。背中を見つめ、忠犬から今度は親鳥を追う雛（ひな）にでもなった気分だ。

「ほら」

不意に男がこちらを向き、ぶっきらぼうな調子で抱いた紙包みを手渡してきた。

「あ、う、うん？」

「朝メシまだだろう？　食え。どこかに座ってもいいが、日差しがヤバい」

良さそうな木陰は先客がいるか、歩くには遠い海岸の先だ。

立ち食いしたところで行儀が悪いと咎（とが）める者などいやしない。ホテルへ向かいながら、ルカは包みをゴソゴソと開いた。見た目には昨日と変わらないトルティーヤのタコスが並んでいる。

一つ摑み出し、何気なく頰張るも一口目でわかった。

口いっぱいに広がる、どこか懐かしいサルサの味。

ルカは思わず足を止め、隣の男を仰ぐ。

「どうだ美味いか？」

ジャレスの声音はぶっきらぼうなままだ。そのくせ、目が合うと青い眸は相反するように細かに揺らいで、映し込んだ日の光をきらめかせる。

最近、時折見るようになったジャレスの表情。

理由はわからない。

ルカは今まで誰にもこんな表情をされたことがない。

「このタコス、ジャレスが作ったの？」

「まぁな。まかない飯みたいなもんだし。好みの味つけにできてちょうどいい……おまえも食いたがってたろ？　懐かしのミノシエロタコスだな」

ミノシエロというより、ジャレスの味だ。

「……あ、ありがと。でも、あの店のタコスが気に入って手伝ったんじゃないの？」

「あー……まぁ美味いが、店の味はどこも濃すぎるしな。すぐ飽きも出てくる。それに知ってるか、塩分の取り過ぎは体に悪いんだとよ？」

どこか言い訳めいた響き。その裏に鈍い自分にはわからないなにかが見え隠れしている気がして、ルカはじっと見つめる。

ジャレスは居心地が悪そうに言った。

「なんだ、健康の心配は年寄りくさいってか？」

ぶんぶんと首を振って返す。

否定したのは自分だけではない。年寄り臭いどころか、現役真っ只中であるのを示すように、道沿いの石積みの塀にもたれた女性たちもジャレスに目を奪われている。

「ハーイ」

ひらひらと手を振られた。ブロンドへア二人にブルネットが一人。観光客らしく露出度も高い服の三人は、気持ちもどうやら大開放だ。通りすがりのセクシーなイケメンに絡んでくる。

ジャレスが面倒くさそうに片手を上げ返すと、途端に顔を見合わせてはしゃいだ。

足早になる男の背を、ルカは小走りで追う。食べかけのタコスが崩れそうになり、慌てて深く頬張った。

「ゆっくりでいい」

ジャレスは歩みを緩め、歩幅を合わせた。寄り添い並ぶ。

「あ……」

「なんだ？」

問われてもなんだかわからない。

今、確かになにかを自分は言おうとしたのに、ふっとつかみ損ねたみたいに言葉を失う。

「えっと……じゃ、ジャレス、明日も店に行くの？」

「まぁメシ代も浮くし、気が向いたらな」

「そうなんだ……」

口は半開きで止まるも、なにを続けたいのかまたわからなくなる。

「どうした？」

ぶんぶんとルカは幾度も首を振った。

ジャレスといると、いつも不思議なことばかりだ。

自分のことさえもわからなくなる。

「八百ペソだよ」

声をかけられ、ルカは身じろぎもせずに雑誌の表紙を見つめる自分に気づいた。

ジャレスとの散策で見つけた本屋だ。この街に滞在してもう一週間、寝坊をしたのは最初の日だけだけれど、なんとなくその後もルカは寝過ごしたふりをしている。

『散歩』に出るジャレスをやり過ごし、午前中は適当に時間を潰してからビアンカのキッチンカーへ向かうのが日課だ。

ジャレスは久しぶりのタコス作りにすっかり嵌(は)まったようだ。まかないのタコスを欠かさず持ち帰る。国民食であるタコスのレパートリーは、毎日種類を変えても尽きない。どれもが懐かしい味で、ルカは舌を喜ばせてもらいながらも、気分はどこか晴れなかった。

溜め息が零れる。

今日の暇潰しは本屋。バルニールマガジンの今月のカバーモデルは、ロン毛の男だった。肉体美を強調したバストショットは、緩くウェーブを描く髪が裸身にかかり、正面を見据える目の色は青。

ジャレスに雰囲気の似たモデルだ。

店主の顔がニヤついていた。観光客向けなのか、胡散臭いソンブレロを被った髭の中年男だ。

雑誌に手を伸ばすことなくじっと見つめていたルカは一歩後退る。

『そういう目』で見ていると誤解されたのだろう。

実際、ジャレスを好きになった自分はゲイに違いない。

けれど、本当のところよくわからなかった。ジャレス以外には興味がない。男も女も。雑誌のカバーを通してさえ、ジャレスを見ている。

ルカはその場を離れ、勢いのまま駆け出した。

歩いても走っても、得体の知れないものに追われているみたいだ。銃やナイフを手にした敵に追われたときよりも、ずっと胸があえぐ。すぐに苦しくなる。

——ジャレス。

揺れる視界は今日も青だ。

景色も風もからりとしているのに、トラックの前に辿り着けばやっぱりそれを感じた。

体のどこかにいつの間にかできた風の通らない場所。堰き止めているものを掻き出そうとでもするように、ルカは胸に手を当ててフードトラックを見つめる。

店のカウンターはビーチ側だった。作業とお喋りに忙しい二人には、裏の道路越しであれば気づかれにくい。

話をしているのはほとんどビアンカのほうだけれど、相槌を打つジャレスからも時折笑みは溢れた。

窓越しでも後ろ姿でもわかる。殺しの仕事で培った勘のよさが、こんな場面で役立ってしまうとは。

ジャレスの腕の動きはプレンサを使っているようだ。トルティーヤの生地を伸ばす圧縮用の道具で、規則的に上げたり下げたり。十枚、二十枚——もう三十枚くらいはプレスしている。

そして、また。

車の天井につかないよう屈ませたジャレスの頭が微(かす)かに揺れた。

「…………てる」

——ジャレスが、笑っている。

ルカには難しいことが、どうやらビアンカには容易(たやす)くできる。

ジャレスを笑顔にすること。楽しいという感情でいっぱいにすること。

出会ったばかりにもかかわらず、ビアンカを見ると印画紙に今も鮮やかに残されたジャレスの恋人をルカは思い出した。

この時間を阻害してはいけない。

邪魔をしては駄目だ。

今の自分にできる唯一の行い。ジャレスを笑顔にする手伝いと思えば容易い。だから寝過ごしたふりを続けるのだとルカは今更自覚して、足を舗装された道路の端に張りつかせた。

この場を去ってしまえばいいのに、目を逸らすこともできない。

「あなた」

誰かの声がした。

ハッとなって見る。ほんのすぐ傍(そば)にセレナが立っていた。

至近距離に人が来るまで気づかなかった自分にルカは驚く。

「あなた、暇なら買い出し手伝ってよ」

セレナは指名でもするように言った。

「あ……」

「こんなところにぼうっと立つほど暇なんでしょ？　なにかお礼はするわ」

問答無用だ。歩き出すセレナの後ろ姿は、長い三つ編みが犬のリードのようにも映る。忠犬は飼い主の傍から引き離され、市場(メルカド)へと向かった。

ぎゅっと露店の犇(ひし)めく市場も、この街は空気がからりとしている。

海際で風の通りがいいせいか。人々は店主も客も陽気で活気に満ち、港から絶えず運ばれてくる海の幸は新鮮で種類も豊富だ。中には見たこともない色鮮やかな魚もいて、ルカの目を奪う。

「こっちよ。今から明日の仕込みの分の買い出しなんだけど、台車が壊れて困ってたの」

懇意にしているらしい魚屋でまずは海老を受け取った。次は野菜。ワカモレに使うアボカドにライム、普通の玉ねぎと紫色の玉ねぎを半々、トマトが加わって大きなケースが二重ねになったところで、コリアンダーとレタスの束をどっさりと上乗せ。

人間台車としては十分すぎるほどの働きになってきたところで、セレナが失望とも感嘆ともつかない声を上げた。

「嘘でしょ！　今日、この値段なの⁉」

果物屋の店先に積まれたパイナップルだ。大きい。

「お買い得だろ？　五つ買ってくれたら、一つオマケするよ？」

「……来週にしようと思ってたのに」

パイナップルは定番のトッピング具材だ。特に豚肉のパストールには欠かせない。店先で唸(うな)り始めたセレナは、なにを迷っているのかと思えば、ルカのほうを振り返り見た。

重量の心配をしているらしい。

「大丈夫、持てる」

ルカは応えた。

ケースの一つや二つ、増えたところで誤差だとばかりにヒョイと抱える。前は見えづらいものの、よろつくこともなく歩き、セレナの目を丸くさせた。

「あなた、細いのに力持ちなのね。助かるわ、本当にありがとう」

拍子抜けするほど素直に感謝される。

ビアンカのような愛想はないけれど、真面目すぎるだけなのかもしれない。

市場を出る際には、律儀にフルーツを振る舞ってくれた。手軽なカップ入りのカットフルーツだ。さすがに両手が塞がれていては食べられず、荷を下ろして道沿いの石垣に腰を落ち着けることにした。

「本当にそれだけでいいの？　遠慮してるんじゃなくて？」

ルカはこくこくと頷き、セレナもカップを手に並び座る。

「そういえば……彼はどういう人なの？」

休まず寄せては返す波。海を見つめながら切り出され、この時間は礼であると同時に本題でもあるのだと気がつく。

ルカは答えた。

「ジャレスは優しい」

「優しい振りをした男じゃなくて？　女だけのタコス売りに近づいてくる男なんて、だいたいそんなもんよ」

「ジャレスは本当に優しいから」

口下手なルカの言葉足らずに、セレナは困惑顔をしつつも否定はしない。

「あなた、彼とはどういう関係なの？」

質問の矛先が少しだけ変わる。

ルカは余計に言葉に詰まった。

「兄弟じゃないでしょ？」

違う。

「友達って感じでもないし」

違う。

「なにかの先輩後輩とか？」

違う……と思う。

「あー……えっと、生んでくれた人かな」

「父親⁉　随分若くない？」

珍しく動揺したセレナは声を裏返らせ、ルカは表情は変えないまま首を横に振った。

「そうじゃなくて、いろいろ教えてくれたから。読み書きとか計算……海も、海の向こうの国のことも、この世界のことをジャレスはたくさん教えてくれる」

「ふうん、それってつまり先生……ちょっと違うわね。『恩人』って言うんじゃないかしら」

「おん、じん？」

恩人。ルカは、噛みしめるように頭の中で幾度か繰り返してみる。

確かに今まででもっともしっくりくる。

「ジャレスは恩人」

『優しい』と同じトーンで口にすると、セレナは呆れ顔をしつつも柔らかな眼差しになった。

「あなたがそこまで思うなら、まぁ悪い人じゃないんでしょうね」

海を見つめ、フルーツを食べ始めた彼女の横顔をルカは見る。

「なぁに？」

「心配、してるんだと思って。妹のこと」

「そりゃあね、急に行きずりの男を連れ込むようになったら警戒もするでしょ」

「仲が悪いわけじゃないんだね」

「仲は悪いわよ、思いっきり不仲よ。でも姉妹ってそういうものでしょ？　血の繋がりは断てないもの」

セレナは『はぁっ』と溜め息を零した。

「あの子、愛想ばっかりで調子はいいけど、今まで男の人とそういうのなかったから……あなたは？」

「え……」

「兄弟はいないの？　恩人だけ？」

木製スティックの尖った先をカットフルーツにぷすりと刺しながら、ルカは振り返ってみる。

どこの誰だかわからない母親に、自分以外の子供がいる確率は低くはないだろう。けれど、生涯知ることもない存在だ。

「……いないと思う」

「思うって」

「でも、兄弟みたいな奴(やつ)ならいた」

「みたいって……まぁいいわ。その人の心配くらいするでしょ？」

「しない」

セレナは眉根を寄せた。薄情だと思ったのかもしれない。

「なにも起こらないから」

「絶対なんて、この世にないわよ？」

「もう、この世にはいないんだ」

特になにかを期待したわけではない。マルコを救えもせず、ただあの墓標となった柱サボテンを気紛れに思い出すだけの自分は実際薄情に違いない。

彼女の気持ちを変えたいわけでも、まして哀(かな)しい顔をさせたいわけでもなかった。

「そうなの……ごめんなさい、とても残念ね」

なのに、セレナは横顔に戻って言った。

髪と同じ色をした、豊かな睫毛が下を向く。

その後は、黙々と二人でフルーツを食べた。

赤いスパイスの粉を塗(まぶ)したパイナップル。刺激的な色は唐辛子(チレ)のように見えて、さほど辛くはない。すぐに果実の甘みが優しく緩和するしょっぱさの中に、ルカはいつの間にか辛みを探していた。

慣れない甘みに戸惑っていた。

どこに行ってもサボテンの目につく国だ。

内陸はもちろん、海際であっても少し車を走らせれば道沿いにその姿は目につく。

食用でもあるウチワサボテンのノパルに、ノッポの柱サボテン、パッと見は普通の葉っぱにしか見えない木の葉サボテンなんていうのもある。細かい品種までは知らない。マルコは植物の名前にも詳しかったけれど、ルカは全然だった。

そういえば、あの柱サボテンはなんという名前だったのだろう。種類どころか、生えていた場所さえもあやふやだ。弔いもされずに死んだマルコは、墓標さえももう誰にも見つけてもらえないのだ。

不思議だった。

感傷的になる自分は、棘のないサボテンのようだ。

ルカはつるつるのサボテンを見ていた。

どこに行っても目につく国と言っても、バーカウンターの向こうに生えている、、、のは奇妙だ。

根元まで見えないけれど、よほど大きな鉢からなのか。

「頼まれたからって、おまえが親しくなるなんて珍しいな」

隣のスツールで、ジャレスがテキーラを飲みながら言った。

ビーチにほど近い裏路地にあるバーだ。普段は安くローカル食の楽しめる大衆食堂で夕飯をすませているけれど、『たまには』とジャレスに誘われた。

古い石造りの建物で、地元民に愛される老舗のバーらしいが、場違いなサボテンを見るに観光客へのアピールも忘れてはいない。

「セレナのこと？　ただの買い出しの手伝いだよ？」

「だが、あの姉妹の家まで行ったんだろう？」

「台車が壊れて困ってたから」

途中で荷を放棄するわけにもいかない。家まで運び、台車の修理を手伝った。なおるとは思っていなかったらしいセレナは喜び、お茶を出してくれたので飲んだ。

それだけだ。それだけのはずが、ジャレスの言葉に含みを覚える。

「おまえが茶飲み友達を作るとはな」

「友達ってわけじゃ……」

「きっかけがなんでも、そっから毎日手伝う茶飲み友達になったんだろ？」

三日間は毎日と言えるのかわからないけれど、セレナに声をかけられるまま連日買い出しを手伝っているのは事実だ。台車があっても積み下ろしはある。

それに、昼までの暇潰しにはちょうどよく感じられた。

「ジャレスもビアンカを手伝ってるよ？」

「俺のは違う」

「……どう違うの？」

そろりと隣を見た。グラスを掲げた手を止めた男とバッチリと目が合い、ルカは息を飲む。

「ごめん」

「なんで謝るんだ？」

「……なんとなく」

「理由もなく謝るな」

ジャレスは怒った口調ではなく、淡々と告げた。

それがどういう結果を招くか知った者の口ぶりだ。成り行きで被った罪で命を落としかねない、危うい場所にいた者の言葉。ルカも同じ環境に身を置いていただけにわかる。

飲み込んだ言葉はストンと落ちて消えることはなく、じりじりと喉から胃まで食道をなぞり落ちていくかのようだ。

不快で、重たい。

この店はビアンカがジャレスに勧めたバーだった。ロマンティックで食事も美味しいとの触れ込みだとか。

　ビアンカは、本当は二人で来たかったのではないのか。

　サボテンが情緒的かはともかく、ホテルのレストラン並みに食事は美しい。見た目も洒落(しゃれ)ている。グラスにトマトベースのスープとシーフードが層を成すカクテル・デ・カマロン。添えられたライムの緑も鮮やかで、こんなものは大衆食堂ではまず目にしない。

　見つめつつも、ルカの手は伸びなかった。ガラスに詰まった作り物めいた海老たち。オブジェ扱いのサボテンのように眺めつつ、カクテルグラスの青い酒をちびちびと飲む。

　元々アルコールは避けてきたルカなので、ショートカクテルなんて初めてに等しい。

　海水はどんなに両手で掬いあげても透明だ。なのに小さな逆三角錐のグラスの酒は鮮やかなブルーに色づいている。

「そういえば、俺のことを『恩人』だとか言ってんだってな?」

　ジャレスが不意に言った。

「……ビアンカから聞いたの?」

「姉さん経由でな。俺は、おまえの命を救った覚えはないが」

「た、助けてくれたよ。いつもジャレスは……ご飯も食べさせてくれたし」

「餌づけか。本当に犬コロみたいな奴だな」

　褒められていないのは、言葉でも口ぶりでもわかる。

ルカは耳も尻尾も垂らす犬のように内心項垂れた。

「おまえは『恩人』とああいうことをするのか？」

「え……」

『ああいうこと』がなにを指しているのかくらいはわかる。それだってジャレスが教えてくれた。最初からジャレスとするのは嫌ではなかったし、今では奉仕さえもがルカに幸福感と喜びをもたらす。

ジャレスは、そうではないのか。

少しも、ジャレスは――

「まぁいいさ、あと少しだ。見ろ、リハビリのおかげで指の動きもだいぶ自然になってきた。トマトを切る手伝いも無駄じゃないだろ？」

「あ……うん、ホントだ。すごい、ちゃんと元に戻るといいね」

「べつに元通りでなくていい。そのほうが都合のいいこともあるしな」

「え……」

首を捻りかけて思い当たった。

指を落とす羽目になったまさにその理由だ。並外れた射撃の腕こそが、ジャレスにどこまでも悲劇を招き続けてきた。

「ジャレスは……いつからその仕事をしてたの？」

今まで詳しく尋ねようとはしなかった過去に、ルカは触れた。

思いのほか飄々と返る。

「いつだろうな。親もそっちの人間だったから、物心ついたときから銃器は触ってた」

「ジャレス、両親がいるの？」

「母親はいない。生まれてすぐに、病気であっさり死んでな。親父は俺が九つのとき、『バシリオス』を裏切って殺された。今となっては、どうだかわかんねぇけど。実際裏切ったのか、俺みたいに嵌められたか……濡れ衣の可能性もある」

——罪を簡単に被るな。

つい今しがた咎めた男の横顔を、ルカは一心に見つめた。

「俺もそんとき一緒にやられててもおかしくなかったんだろうが、支部に『回収』された。子供は純粋で言いなりになりやすい分、変にできあがった大人より役に立つからな。鉄屑みたいにみんな方々から集められてたさ」

「……ジャレスにも兄弟が？」

「兄弟？　俺は一人っ子だが……まぁ、近い年の子供ならいたな」

「親しかった？」

「大していい思い出はない。年が近くてもそいつとは立場が違ったし。あー……ジュースは美味かったっけ」

「ジュース？」

「ハマイカだ。着いて早々、真夏に資材運びを延々やらされてな。労働というより苛めだな、木陰でぶっ倒れてたら、そいつが冷えたジュースを出してくれた」

アグア・デ・ハマイカ。ハイビスカスの花のがくの部分を煎じた、見た目はワインのような赤い飲み物だ。酸っぱいけれど、暑い日にはちょうどいい。

「よかった。ジャレスには助けてくれる仲間もいたんだね」

「どうだか。俺が飲み干すところを隣にしゃがんでニヤニヤ見てたしなぁ。犬猫でも拾ったみたいな顔して……弟分っていうより、からかう相手ができて嬉しかったんだろうさ。飲み終えた瞬間に、『キンキンに冷えた生き血は美味いか？』って訊いてきた」

「生き血？」

さすがにぎょっとなる。

まさに、そのときのジャレス少年も同じ反応だっただろう。

「こいつを心臓にぶっ刺すとワイン樽みたいに絞れるって、隠し持ってた金属のパイプまでチラつかせてな」

悪趣味だ。ブラックジョークではすまないお国柄なだけに、ちっとも笑えない。

「まぁジュースはハマイカの味でしかなかったから、すぐに嘘とわかったが。そいつとは腐れ縁で、そっからずっと一緒だった」

「大人になるまで？」

「そうだな……そこが俺にもよくわからない。いつの間にか、そいつはいなくなってた」

「死んだの？」

 つい、ストレートに訊いてしまった。

その仲間は生死不明なのか、ジャレスの返事が鈍る。

「まぁ、途中で死ぬ奴もたくさんいたけどな」

「俺といた兄弟みたいな仲間は……死んだよ。頭のいい奴だったけど、あんまり立ち回りとか上手じゃなくて」

「死んだら元も子もないな……だが、利口に立ち回ればいいってもんでもない。器ばかり元気でも、利口過ぎておかしくなる奴もいるからな」

再び酒を飲み始めた男を、ルカは見つめる。手に余るテキーラのグラスを傾ける男の横顔に、笑みはない。ただ憂いだけが、ひたひたと満ち溢れている。

消えた仲間の話なのか。

脳裏に浮かべる姿さえないのに目を凝らし、ルカはハッとなって振り仰いだ。

「ブエナス・ノーチェス？」

背後から『こんばんは』と声をかけられた。

ボブヘアの若い女だ。胸の谷間の覗いたキャミソールは自己紹介をしているに等しく、こんな無防備な格好で酒場にいるのは大抵観光客だ。

訝りつつ挨拶を返すと、思いがけない言葉が返った。

「お兄さんたち、なにか哀しいことでもあったの？」

「……いや、特には。酒に集中してただけだ。何気にクエルボのいいテキーラが出てきたんでね」

ジャレスは会話を濁すも、彼女はパッと眸を輝かせた。

「そうなの？　よかった！　ゲームで負けちゃって、私が声をかけることになったの。もうドキドキ」

「俺らに声をかけるのが罰ゲームなのか？」

「あっ、ごめんなさい。だってお二人、カウンターの真ん中で通夜（ベロリオ）みたいに暗いから」

ちらと背後を見る。斜め後ろのボックス席で、白い手を開いたり閉じたりして、さり気ないサインを送る女性グループがいた。もちろん視線の先はみんなジャレスだ。

「あ……」

ルカの表情は一瞬にして曇った。彼女たちの眼中に自分がないからではなく、他人から見てもわかるほど自分がジャレスを暗くさせていたと知り、ショックを覚えた。

——ジャレスには笑っていてほしいんじゃなかったのか。

「……ごめん」

「ルカ？」

軽々しく口にすべきではない言葉に、ジャレスが眉を顰めたのに気がつきながらも詫びずにはいられなかった。

「ごめん、俺」

ルカは反射的に立ち上がった。

「先に帰る。ちょっと酔いが回ったみたいで」

「大丈夫か？　だったら俺も」

「平気だよ。ジャレスはゆっくりして。お酒もまだ残ってるし、楽しんでよ」

「おまえ一人じゃ、危ないだろ……」

ルカは反応に困った。言葉の違和感に、ジャレス自身も気がついたようだ。

「危なくないよ」

夜道が危ないとしたら、ルカに絡んでくる者たちのほうだろう。酔客も暴漢も、武器の一つや二つ持っていようと、ルカが反撃すれば傷つけずに追い払うのは難しいくらいだ。

時々忘れそうになる。

そのことを、最近はルカ自身も。

「ルカ！」

ぎゅっと唇の端を上げ、慣れない作り笑いをした。なんでもない気紛れのように、「じゃあ、お先に」とその場を離れ、足早に出口へと向かう。

店を出る間際、一瞬だけ振り返るともうジャレスに話しかける女の子の数が増えていた。

もはや罰ゲームでもなんでもない。

ジャレスの肩にかけられた手を、ルカは視界から締め出すしかできなかった。


帰りの道程はずっと前のめりだった。

街は暗いのに明るい。空は夜に飲まれても、まだ一日はこれからとばかりに店の明かりが漏れている。ほとんどは大衆酒場だ。オープンな店からは、生演奏の音楽や陽気な人々の笑い声が漏れ、通りの酔客は暇を持て余してルカにも絡んできたけれど全部無視した。

怖くはない。

昔は強くなりたいと願っていた。

強くなければ生きられないと思っていた。

今はどうだろうと思う。強さが身についた今、ないものねだりで求めるのは弱さか。女の人のようなか弱さと、陽だまりのような明るさ。そんなものを欲するようになってしまいそうで、自分が怖い。

ジャレスの傍にいたい。

った。

ホテルまで脇目もふらずに歩きながら、自問自答を続けた。答えなどみつからない。フロントの愛想の悪いホテルマンとはいつもどおり言葉も交わさず、ルカは一目散に部屋まで逃げ帰った。

ようやく動きを止めた。

途端に、ハアハアと呼吸音が荒く響く。

歩いて帰ったつもりが、全速力で走ったみたいに上がった息。明かりも点けずに、そのまま気が抜けてぽすりとベッドの端に腰を落とした。定位置となっている壁際の自分の寝床だ。

月明かりが部屋を照らす。ベッドだけが白く船みたいに浮かび上がって映る。暗がりは深い川でも流れているかのようで、下ろした足を引っ込めたくなる。

二つのベッドを隔てる川だ。

一つきりのベッドの安宿に泊まっていたときにはそんなものはなく、当たり前に毎晩一緒に寝起きしていたのに、ベッドが二つあるというだけで距離が生まれた。

シャワーの後、うたた寝をしていたジャレスを起こすのも悪い気がして、すごすごと自分のベッドに横になったのはいつだったか。一度機会を逃したら、次の日にはもう触れるきっかけがつかめなくなった。その次の日にはもっと。その次の日にはもっと、もっと。

——もうずっとしてない。

一週間くらいか。日が経つのはあっという間だ。

「……………ジャレス」

皮肉にも、主が不在ならば簡単に川は渡れる。

ルカは一歩踏み出し、隣のベッドに突っ伏した。転がり落ちるように。安っぽいスプリングは軽く軋んで、ルカの見た目のわりに重たい、筋肉のみっしりと詰まった体を弾ませる。

——ジャレス。

気のせいではなく、傍に感じた。

ふわりと鼻腔を擽る匂い。どこへ行ってもシャンプーもソープも同じものを使っているはずなのに、微かな体臭が入り混じるだけで別物へと変わる。

クンと鼻先を擦り寄せる。

本当にどこまでも犬みたいだ。

ジャレスのものになれるなら犬でもいい。引き綱をつけられたっていいし、待ても伏せもいくらだってできる。

開き直って幾度も鼻を鳴らして嗅いでいると、一匹だけ取り残された淋しい仔犬のように、クウンと鳴き声をあげそうになる自分がいた。ルカは倒錯する一方、自分が犬ではなく人間なのだと思い知った。

鼻だけでなく、腰が動いた。

一度動かしてしまうと、うつ伏せでシーツに押しつけた場所を余計に意識してしまう。ハアハアと響かせた呼吸音。この部屋に戻ったときとは、理由を違えた息遣い。

恋しい男の匂いに包まれ、ルカの中心は切なく膨らんでいた。

二度、三度と繰り返せば、瞬く間に硬く育って、身も心も呆気なく欲望に支配される。

「……っ……ぁっ……」

記憶の男を手繰り寄せた。優しくされた時間を思い起こしたいのに、頭に浮かぶのはつい今しがた店で見た光景だ。

生々しく、ジャレスの肩に触れる白い手。

「……やだ」

派手なネイルの指と、首筋を掠めそうにさらりと揺れる長い髪。目にしていない光景までもが頭に浮かんで、女の手はジャレスのヘンリーネックの白シャツの胸元を這い下りる。

ジャレスの体に挑発的に触れ、ルカは涙目になりながらも惨めに腰を動かす。

「……やだ……るな……嫌だ」

触らないで。

ジャレスは、俺の——

火照る肌を感じた。生地の薄いボトムの尻を揺さぶり動かす。幾度も、幾度も。あと少し。

ハアと大きく息をついた瞬間、カチャリと軽い音が響いた。

ドアノブの回った音だ。そのまま扉は開いた。

「……ルカ？」

暗い部屋に訝(いぶか)る男の声がする。

ルカは身を硬直させ、息を潜めた。

「なんだ、帰ってないのかと……」

戻った現実は、哀(かな)しくはないけれど窮地ではあった。ジャレスがすぐに帰ってくると、何故(なぜ)か考えもしていなかった。

今更、飛び起きて自分のベッドへ戻ることなどできない。

体の具合も悪い。知られてしまう。ボトムの前が張るほどにそこが形を変えていることも、ジャレスのベッドで自分がなにをしていたかも。

傍らに腰を落とすジャレスの気配を感じた。

ベッドの揺れに紛れて呼吸を再開したルカは、しばらくして覚えた感触を最初は気のせいかと思った。

偶然掠めたかのように、頭に触れた男の手のひら。

そよぐ風のような感触。指に絡める長い髪もないルカの頭を、ジャレスは何度も大きな手で優しく撫(な)でた。

鼓動は高まったまま。苦しいのに心地がよくて、ルカはただずっとそうして欲しくて、震える目蓋を開けないでいた。

丘の上からは海が一望できた。

良心的な価格にもかかわらず、眺めは一流のレストランだ。オープンなテラス席は吹き上げる海風も心地よく、朝の空気はどこまでも清々しい。

開放感を覚えるのは人間ばかりではないらしく、隣のテーブルでは大きな犬も飼い主の足元で目を細めている。ロングコートの毛並みをなびかせ、どことなく気持ちよさげだ。散歩がてらの朝食にはぴったりだろう。

「ホテルの近くにこんな店があったんだ……」

ルカは、ジャレスとモーニングに来ていた。

「毎日タコスってのもな。家にいたときもいろいろ食ってただろ」

「……うん、そうだね」

揃って注文したのはチラキレスだった。トルティーヤの揚げチップスをトマトベースのソースで煮込んだ朝の定番メニューだ。サルサで味を調えたソースにはたっぷりの玉ねぎやニンニク、複数の唐辛子も入っているから野菜の甘みだけでなく奥深い。

家なら昨夜の残りのトルティーヤで作るが、ここは眺めもいいレストラン。チーズや目玉焼き以外にも、プレートにはたっぷりとフルーツが鮮やかに盛られ、家庭料理からかけ離れている。

なのに、ホッとした。

ビアンカの店で、ジャレスが家の味を再現してくれるタコスよりも安心感を覚える自分がいる。

――今日は、手伝いに行かないのかも。

だったらどうだというのだ。

ふと、思い当たった。

「もしかして、この店もビアンカが教えてくれたの？」

「あ？　まぁな」

向かいのジャレスは、新聞を読みつつ答える。

「そうなんだ……ジャレス、そういえばこの街にはいつまでいるつもりなんだっけ」

「いつまでって、決めてはないが。海を自由に渡るほどの金はないし、どうしたもんか」

簡単に終えられる旅ではない。安全が確信できなければ、ミノシエロで古道具屋を再開するわけにはいかないだろう。

ジャレスは新聞に目を落としたままだ。青い椅子に深く腰をかけ、組んだ長い足の上でペーパーを広げる姿はどことなく優雅にも映る。

ただ新聞に目を通すだけのことが大人の男に見えるのは、ルカは未だ難しい読み書きが苦手だからか。

伸びた髪を、煩わしげに耳にかける仕草。今朝は髪を結び忘れたらしい。髪を下ろしたジャレスは、どこか物憂げだ。

食事も忘れるほど目を奪われていると、自分の動向などもう意識してもいないと思っていた男が、ページを捲りながら言った。

「そういや、昨日のカクテルはそんなに度数が高かったのか？」

「え……」

「いや、勝手に先に帰って、ベッドで寝てたしな」

チラと視線を送られただけで、青い目に心は射抜かれた。

「あ……ご、ごめん、昨日はっ……酔っぱらってたからベッドを間違えて」

「謝るのはそっちか？　ホテルのベッドに、俺のもおまえのもないだろ」

「それは……でも、ずっと同じベッドを使ってるから」

「まぁ、それもそうだな。宿代値切ったせいで、シーツも毎晩は代えてくれないしな」

ジャレスは否定こそしなかったものの、言葉が意味深に響いた。

自分に疚しいところがあるせいか。昨晩も心臓をバクバクと鳴らしていたくせして、頭を撫でられるうち意識が遠退き、寝かしつけられたみたいにそのまま朝を迎えた。

やっぱり酔いが回ったのだろう。

飲酒は心身を鈍らせる。リスクが高いと避けてきたせいで、自分のアルコール耐性を把握しきれていない。

「そういえば、昨日話すつもりだったんだが、ビアンカが俺の車に乗りたいらしい」

畳んだ新聞をテーブルの端に追いやりつつ、ジャレスは言った。

ルカは言葉を失くし、ただ見つめ返した。「あ」と口を開いたっきり声にならず、テーブル越しの男の言葉の続きを待つ。

「いつもトラックしか乗ってないから、オープンカーに興味津々なんだと」

「……乗せてあげるの？」

「まぁ世話になってるし、減るもんでもないしなぁ」

テーブルの真ん中の編み籠のカトラリーケースにジャレスの手は伸びた。フォークを取りつつ、何気ない調子でルカに問う。

「どうする？」

「え……」

その決定権はルカにはない。車は借り物でジャレスのものではないけれど、ルカに至ってはそれに乗せてもらっているだけの身だ。

ジャレスの隣、助手席を定位置にして。

「どうって……い、いいんじゃないかな。ドライブ、彼女も嬉しいと思う。ジャレスは運転も上手いし」

無難に答えたつもりだった。

助手席で赤い髪をなびかせ、太陽みたいに明るく笑うビアンカが、一瞬にして頭を占める。撥ねのけようもない眩しさで。

「ふうん、なるほどな」

鈍い反応が返った。プレートの上で目玉焼きの黄身が割れる。ジャレスの手にしたナイフの先がぷつりと突いて、白身の上をどっと崩れるように黄色が流れた。

どこか荒っぽい仕草だった。

「ジャレス？」

「どこまでイエスなんだろうな、おまえは」

「え？　なんのこと……」

「べつに。随分、従順になったもんだと思っただけだ」

悪戯な海風が丘を駆け上がってくる。掻き乱された髪をジャレスは耳にかけなおした。

気を取り直したように食事を始めながら、薄い笑みを浮かべる。

「そうそう、実は今夜、夕飯にも誘われてるんだ。夕方にはタコス屋が終わるから、一緒に行こうって。どうする？」

またた。

ルカは再び反応に時間を要した。

「あ………じゃあ俺は夕飯は適当にすませるから。うん、ジャレス………楽しんできて」

どうにか言葉を紡ぎ出す。自分がどんな顔をしたのかわからなかったけれど、たぶんいつもと変わらない無表情だ。

ふてぶてしく映ったのかもしれない。

「そうだな、そうする。べつにおまえの許可をもらうまでもなかったな」

ジャレスの言葉に、チクリとした棘を覚えた。

サボテンほど痛くもない、身体的には無痛の棘にもかかわらず、毒針にでも刺されたようにルカの思考は停止する。

「えっと……夕飯って、あのサボテンの店？」

「どうだろうな、地元の人間だからいくらでも良い店は知ってるだろうが……あのバーは、デート使いにいいって薦めてくれたんだよな」

ジャレスは、もう一つもルカのほうは見ないまま言った。

海の色はいつも同じではない。

空の機嫌一つで色合いは変わる。

美しいカリビアンブルーかと思えば鈍色。夕立が去れば再び何事もなかったかのように青。それから、天候だけでなく時刻によっても驚くほどその色は変化した。

夕凪の頃。頬を撫でる風さえ止んだ時刻、ルカはビーチにいた。

日中の火照りを残したかのように赤く染まる空に、トマトみたいに熟れた太陽。とぷっと水平線に沈めば途端に空気は優しくなる。空の色を映す海も一層凪いで、穏やかな時間は人々の語らいの場へと変わる。

散歩中の人は、恋人たちが目立った。

それとも、仲睦まじいカップルばかり自分が意識してしまっているのか。今も砂浜と道路を隔てるブロックに腰をかけたルカの前を、手を繋いだ男女がよぎったところだ。

今まで、こんなことはなかった。

赤の他人の動向が気になって仕方がないなんて。街のカップルは洒落たカフェやレストランと変わらず、そこにあって当たり前のもの。けれど、自分とは関わりのない世界の存在だと気にも留めずにいられた。

まして、雨が上がらなければいいと思うことなどなかった。

地面は乾ききっていない。少し前まで続いた夕立のせいだ。晴れ間が戻るとは思えないほどの激しいスコールに、このまま降り続けばジャレスも夜の外出を控えるのではないかと考え始める自分は最低だった。

——そんなことあるわけもないのに。

雨が上がると同時に、逃げるように一人ホテルを飛び出した。そろそろビアンカと落ち合う頃かもと通りには背を向け、日の沈む海を眺め続けていた。

ジャレスには笑ってほしい。

それは今も変わらず本当で。きっと今の自分は、留守番で置いて行かれて淋しくて遠吠えしたい気分の犬みたいなものだろう。主が帰ってくれば、また千切れそうなほど尻尾を振って喜ぶ。

いつまでもここにいても仕方がない。歩き出す。少し散歩でもして、気を取り直して戻るつもりだった。

雨と引き潮で濡れた砂浜は、普段よりも固く平らでずっと歩きやすい。道沿いに並ぶフードトラックは端へ行くほど疎らになり、周囲には人の姿もなく店じまいをしていた。

夕闇は深まるのが早い。すっかり夜の気配で、ぽつんと明かりのついたトラックは最果ての遠い位置でも目立った。

黄色いフードトラックがいた。

姉妹のタコス屋に見えるけれど、まさかと思った。ビアンカはバーへ出かけたのなら、セレナが売り子を引き継いでいるのか、夜間に客の望める場所でもなく不審でしかない。

中にチラつく人影が見える。男だ。

「……ジャレス？」

すぐに違うとわかった。しかも一人ではない。

三人、いる。

「時間かかってるみてぇだから、手伝ってやろうってんだろうが」

ざらついた男のしゃがれ声。パシンと撥ね退けるような、いつもより甲高いビアンカの声が響いた。

「ちょっと、入らないでって言ってるでしょ！　出てって！　邪魔されたらいつまで経ってもタコスは上がらないわよっ！」

「じゃま？　ジャマってのはこういうことを言うんじゃねぇのか」

「なにっ？　やめてよっ、やめてったら…っ！」

ほとんど悲鳴だ。ただならない声に、ルカは全力で走り出した。後部の出入り口は開いており、逃げ場のないキッチンに一人でいるビアンカを、男たちが囲んでいる。

「なんだ、ショートパンツか……ミニスカートじゃねぇのかよ」

赤ら顔の男はビアンカの腰にべったりと手を回し、エプロンを捲っていた。

「なにをやってるっ！」

ルカは叫んだ。

ギロリと睨みの効いた目がこちらに向く。もう一人の巨体の男と、ひょろりと痩せぎすな男もルカに注目した。髭面なのは三人共で、囲まれたビアンカの怯えた顔が隙間に覗く。

「……ルカっ！」

「ビアンカ！」

トラックに上がろうとすると、砂浜に無数に打ち捨てられた酒瓶に足を取られそうになった。度数の高い酒ばかりだ。

――酔っ払いか。

質が悪いではすまない。

「なんだぁ、知り合いか？　ガキは帰ってマンマのおっぱいでも吸ってろ」

「かっ、帰んのはあんたたちのほうよっ！　出て行ってっ、あんたらに売るものはもうないわよっ！」

ビアンカが負けじと男を小突いて追い払おうとするも、男は見るからに酒臭そうに真っ赤な顔を近づける。

「はっ、ガキが来たくらいで威勢のいい女だな～。エロい服着て、どうせ夜はそっちの商売もやってんだろ。いくらだ？　買ってやる」

「なに言っ……ちょっと放してよっ！」

「彼女を放せ‼」

踏み出した一歩を巨体の男に阻まれる。救出に向かおうとするルカを阻む壁は、狭いトラックの中でなくとも威圧感を覚えるほどデカい。圧倒的な身長差だ。

降りてきた男は、ルカを頭から爪先まで値踏みした。ねっとりと舐め回すような不快な視線には覚えがある。

縦にも横にも大きな規格外の体つきといい、まるでポンセス・ジュニアだ。ジャレスの古道具屋の店先で自分を買い、自分が殺しかけた男。

トラックの中からヤジが飛んだ。

「はっ、マウロの悪い癖が出そうだな」

「こういう小せぇケツは締まりがいいんだよ。デカケツ女ばっかり追い回してる奴にはわからねぇだろうけどなぁ」

「言ってろ、この変態野郎が。そっちの坊主はおまえにやるから、こっちに手ぇ出すな……」

無駄に煽り立てる。

ルカは流れに逆らおうとしなかった。

「おっ」と色めき立った声を上げ、摑んだ手首を引き寄せてくる男に身を委ねる。懐に招かせたと言っても過言ではない。

トンと反対の手で、ルカは男の肘の関節辺りを叩いた。一撃と言うほど強い力でもなく。くの字にカクリと落ちた瞬間を逃さず、ルカは体をしなやかに反転させ、自分の顔ほどもある太い腕を捻り上げた。

ぎゅっと絞る。雑巾と違うのは、出るのが汚水か悲鳴かの違いくらいだ。ぎゃあっとポンセスモドキは声を上げた。巨体が地面に転がる。

「てめっ、このクソガキ……がぁっ！」

なおも反撃をしようとするので、仕方がなく腹に一発入れた。ボヨンともしない腹だった。熟れたマンゴーほどの抵抗も感じられず、拳は深く沈んで男は蛙みたいにゲエゲエ鳴いた。懐かしい響きだ。

トラックの男たちは沈黙していた。ルカは表情一つ変えないまま。ビアンカは棒立ちの後、その場にへなへなとへたり込んで、それを合図のように男たちはトラックをあたふたと降り始める。

「なんか……悪かったな」

あっさり引き下がるところは一般人らしい。

ちょっと戯れが過ぎただけとでもいうように、よろつく巨体の男を連れて帰っていく。

「大丈夫？」

ルカは声をかけた。

「あ、ありがとう。セレナから力持ちだとは聞いていたけど……」

驚きと安堵。ビアンカの放心は両方のようだった。その目で見た光景が信じられないと言った顔をしている。

「そこ危ないよ、割れてる」

手を差し出し、立ち上がらせた。ビールのボトルが割れて茶色いガラスが飛散している。キッチン用具や、作りかけのタコスまで床に散らばっており、ルカは率先して片づけを始めた。

「雨で今日は売上が少なくて……セレナに日暮れ前に店は閉めるよう言われてたんだけど、つい……」

ぽつりぽつりと零れる、ビアンカの声。ルカへの必要のない言い訳は、気まずさと後悔のためか。

ジャレスの名前が出ないことに気づいた。

「行かなくていいの？　約束してんだろ、ジャレスと」

「ジャレス？　約束なんてしてないけど？」

隣で床を拭き始めたビアンカは、怪訝そうな顔だ。

「え、でもジャレスが……」

今朝聞いたばかりの話だ。聞き間違えたはずもないと振り返り、ルカは前後の会話までをも思い出した。

そういえば、ジャレスはなにか自分に問いたげだった。

『どこまでイエスなんだろうな、おまえは』

あの言葉の意味。もしかして、自分は試されたのか。

――なにを？

「でも、あの店……いい店だって教えたのはビアンカなんだろ？　あの、サボテンのバー」

「そうよ、なかなかオシャレな店でしょ？　デート使いにはぴったり」

「だから、一緒に……」

「ルカ？」

実際に一緒に行ったのは彼女ではない。ジャレスに誘われ、ビアンカよりも先に行ったくせして暗い話で気分を沈ませ、帰ってしまったのも自分。

「もう言っちゃうけど……ジャレスにね、どこかいい店はないかって訊かれて教えたのよ」

ゆっくりと雑巾を動かしながら、ビアンカは言った。

「ジャレスが？」

「あなた、彼のこと『恩人』だって言ったそうね。セレナから聞いたわ。ジャレスはあなたのこと、そんな風には言ってなかったけど？」

「いろいろと教えてもらったり、世話になってるのは俺だけで……俺は、なにも返せてはないから」

互いに恩があるわけではない。

ビアンカは「ふうん」と呟いたっきり、黙々と作業に戻る。ルカも拭き上げる手に力を籠めた。靴跡一つでも男たちの痕跡が残っていては、ビアンカが後で思い出しかねない。

心なしか元より白く綺麗になっていく。

「タコスをね、作らせてくれないかって言われたの」

「え……」

「最初に、朝に声をかけられたとき。代金も払うって言われた。訳アリで長いこと旅をしてて、連れが家の味を懐かしんでるから食べさせてあげたいって」

ルカの目は、彼女に釘づけになった。

その唇の動きと、語る言葉と。

「そんなこと、ジャレスが……」

そう昔ではないのに、ずっと以前にも思える。

この街に着いた日のジャレスとの会話。タコスが食べたいと言った。自分は確かに、ジャレスの作る料理が食べたいと。

「キッチンに他人を入れるなんて、初めは有り得ないって思った。セレナじゃないけど、私もそこそこ大事な場所だと思ってるから。でも、話聞いてるうちなんだか絆されちゃって……やっぱりジャレスがイケメンだからかしらねぇ」

ビアンカの口元がふっと綻ぶ。

微笑みの理由は、ジャレスのルックスそのものではないと、ちゃんとルカはわかっていた気がした。

続く言葉を聞く前から。

「あの顔で隠そうともしないんだもの。あなたのこと、ジャレスは恋人だって言ってた。ゲイって感じもしなくて、女なんて掃いて捨てるほど寄ってきそうな男がよ？　ああ、本気なんだって、そう思ったの」

ルカはぎこちない声でなぞった。

「俺が……ジャレスの恋人？　ジャレスが、俺の……」

ビアンカは溜め息を一つ。

「疑問形？　まさか、そこから否定するつもり？」

「それは……でも」

ルカはパッと返せなかった。二人で旅をして、寝食を共にし時には抱き合いもして。違うとは確かに言い切れないのかもしれない。

なにより、そんな嘘をジャレスが言う理由がない。

本気で言ってくれたのだとしたら——

「ジャレスには同情しかないわね」

ルカの鼓動は強く鳴った。大男をのしたり殴ったりしたときよりもずっと。心臓は力強く収縮するポンプになって体の隅々まで血を巡らせ、顔色までをも変えた。

「車は？　シボレー・カマロでドライブする話は？」

「車？　今度借りる予定だけど……ずっとキッチン貸してあげたんだからいいでしょ、それくらいは」

「じゃあやっぱりドライブは……」

「この街からほとんど出たこともないのよ、あの人。まぁ、たまには女同士のドライブも悪くないわ。ケンカの予感しかしないけど」

「……セレナと？」

「だから、ほかに誰がいるのよ」

ビアンカの溜め息が深まる。

「あなたって、ちょっとおバカさんね。三百万ペソのタコスを信じたときから、薄々わかってはいたけど」

「ご……ごめん」

人は簡単に詫(わ)びてはいけない。

けれど、言われるとおりだった。

一から十まで。一から百までも。自分はシャツのボタンを掛け違えたまま、間違えてなどいないと言い張って、引き返せないところで右往左往しているだけの子供で。

「謝る相手が違うんじゃない？　もう床はいいから……」

「ルカ？　ビアンカ！　どうしたのこんな時間まで」

トラックを覗き込み、声をかけてきたセレナと目が合った。心配で見にきたのだろう。

「ごめん、俺はもう帰る。すぐに車出せる？」

「もちろん、セレナも来たし、すっ飛ばして帰るわ」

「えっ、えっ？　二人ともなんの話？」

おいてけぼりのセレナが戸惑いの声を上げるも、ここで話すとややこしくなりそうなので、詳しくは触れずにその場を後にした。

ルカは砂浜に降りた。歩き出すと、来たときよりも砂が乾いている感覚だった。柔らかく沈む足先の感触。さらさらと解けゆく砂を蹴り上げ、勢いのままに駆け出す。

「……ジャレス」

行く先は決まっていた。

「ジャレス…っ……」

今夜の相手を、ジャレスが待っているであろう場所。それを教えてくれたのが彼自身であったのも、ルカは覚えていた。

まるで昨日から一つも時間が経っていないかのように、ジャレスは同じバーの同じカウンター席で飲んでいた。

一人だ。店内は昨日と変わらず混んでいて、ルカはざわめきを分けるようにして近づく。

「おまえが来なかったら、どうしてやろうかと思ってた」

傍らに立つと、グラスを口元に運びながら男は言った。

「ビアンカから聞いてっ……俺っ」

「なんだ、ヒントをもらって来たのか。そいつはどうしたもんかな」

失望を滲(にじ)ませつつも、こちらを向いた男の目が見開かれる。

「おまえ、その服は……なにがあったっ？」

「あ……」

ルカは今頃気がついた。羽織ったシャツの右腰の辺りが破れている。男と組み合い、身を捻った際に裂けたのだろう。

フードトラックでのトラブルについて説明すると、ジャレスは安堵とも呆(あき)れともつかない口調になる。

「口喧(くちやかま)しい姉さんが正解だったな。ビアンカは無邪気すぎる」

そのセレナが迎えにきて、二人は車で帰ったと告げれば、ホッとした表情だ。

――ジャレスは優しい。

「おまえも一杯飲むか？」

ルカは無言で首を振った。

胸がいっぱいで、なにも喉を通りそうにない。

「じゃあ……まぁ、帰るか。俺ももういい」

会計を済ませたジャレスと店を出た。胸は変わらず苦しいままだ。歩き出してからも変わらず、走って息が上がったせいなどではないのだと思い至った。

後ろ姿を目にするだけで呼吸が乱れる。揺れる一つ結びの髪。シャツ越しに浮き上がった背筋に気がつけば、それだけでドキドキする。速いリズムを打つ正直な心臓。

胸がいっぱいなのは、ジャレスでいっぱいだからだ。

酒場の多い、酔客の目立つ通りを抜ければ、海際を離れるにつれて人影は疎らになる。坂道は上るほど街灯の数も減った。

この先はもう、二人の泊まるホテルといくらかの住居しかない。

不意に振り返られて、ドキリとなる。

「俺になにか言うことがあるんじゃないのか？　無駄に走ってきただけか？」

ふっと今にも空を掠めて行ってしまいそうになる眼差し。ジャレスが再び前を向いてしまえば終わりな気がして、気持ちばかりが焦った。

——早く言わなければ。

言葉もまとまらないまま、ルカは男のシャツの裾をぐいっと引っ掴んだ。

「あっ、あの、俺……ジャレスはみんなに優しいんだと思ってて。だから俺にも優しくしてくれるんだって、ずっとそう……思ってて」

要領を得ない本音に、皮肉めいた笑みが返る。

「俺はそんなに気のいい奴じゃねぇな。フェルじゃあるまいし」

確かに、気のいい奴とは酒屋のフェルナンドのような男を言うのかもしれない。けれど、ジャレスも本質は変わらない。

「フェルもっ、ジャレスは優しいって言ってた」

「あいつが？　散々俺には塩対応されてんのにな。まぁ、ミノシエロじゃ商売やってたから、客にはそれなりに良い顔してたつもりだが……おまえにだって前は冷たかったろ？」

「それは、俺がまともじゃなかったからっ……ジャレスのおかげだよ？　ジャレスが俺を追い出さないでいてくれて、学ばせてもくれて、それで……」

ルカは前のめりになった。しっかりとシャツを握り締めたままの手にジャレスは目を向け、緩く頭を振る。

「だとしても、俺はおまえの『恩人』になる気はないね」

降りた前髪を掻き上げた。

困ったときに見せるジャレスの仕草だ。言葉も行動も、ルカはそのすべてを見逃すまいと、痛いくらい真っすぐな目で見つめ続ける。

「今の俺が優しく思えるなら、それはおまえだからだ。おまえが相手だから、望みを叶(かな)えてやりたいと思ったし……タコスもメシくらいで喜ぶならって」

目を逸らしたままふっと笑う男は、どこかバツが悪そうにも見えた。

ルカはただ、皿みたいに目を大きく開かせたまま。

「俺は……自分のためにジャレスがそこまでしてくれるとは思わなくて……彼女が気に入ったんだと、てっきり。明るくて、楽しい人だから」

「まぁ、暗くはないな。人として嫌いじゃないが、それだけだ」

「なんでっ？　俺といたって……俺は面白いことも言えないし、ジャレスをいっぱい笑わせたりもできない。あの人みたいには……」

本音を押し出そうとするあまり、言葉にするつもりのなかった思いまでもが飛び出す。

ジャレスの青い目がこちらを見た。その眸の奥深く、今も洞窟の泉セノーテのように湛えられた暗がり。

『あの人』がビアンカではないと、気づかれたに違いない。揺るがず向けられた眼差しに、ルカは心臓ごとぎゅっと摑まれたようになる。

「……あ、謝らないよ。俺、ジャレスには笑ってほしくて。ジャレスには、幸せでいてほしいんだ」

「だからか？　だから、おまえは少しも認めようとしないんだな。どうせ聞いたんだろ、ビアンカから……でなきゃ、ズレたおまえがすっとんでくるわけねぇしな」

「ジャレスが、俺のこと『恋人』だって……本当に？　本当にそんなことっ……」

「おかげでタコス作りに行く度、ビアンカには『ベタ惚れ』とかからかわれてうんざりだった」

うんざりと言いつつも、穏やかな声だった。

「きっと、おまえといても大笑いの毎日にはならないだろうな。おまえに面白いネタなんて言えるわけねぇし、ビアンカの値段のボケだって真顔で受け止めてたくらい鈍いし。なにより、俺とおまえはだいぶ似てる」

「似てる……」

ジャレスは目を軽く伏せて、応えた。

「だが、おまえといると思い出す。久しぶりにな。ああ、そうだったなって……誰かを喜ばせたいとか、大事にしたいとか、守りたい……こんな感じだったなって、愛しさってやつは」

ルカはじっとしていた。

その言葉に灯された思いを、瞬きもせず息を潜めて受け止める。

「ルカ、おまえは？　なにが望みなんだ？　俺のためにどうとかじゃない、おまえ自身の願いはなんだ？」

「俺の……願い」

——祈ったことはなかった。

神様にも星にも願ったことはない。信じる神どころか、家族も、母親すらもいない。

なにかを望むのは贅沢。手の届くところにあるものなどルカにはほとんどなく、みんなが当たり前に持っているものさえも、夜空の星ほどに遠くて。

ルカはジャレスを仰いだ。

ジャレスもまた、自分を見ていた。

いくら長身といってもすぐそこに顔はあるのに遠く、誰よりも大切で尊い人。

「俺を見てほしい。本当は、ジャレスに俺だけ見てほしい」

言葉にしてようやくわかった。

本当は嫌だ。綺麗な人も明るい人も、優しい人だって、ジャレスに一つも好きになんてなってほしくない。

「傍にいたいんだ。俺、ジャレスのことが好きだから……ジャレスにはどこにも行ってほしくない。本当は傍にいて、俺を見てほしい……少しでも、いいから」

ジャレスはまた困ったように笑んだ。

「おまえの目はどこまで節穴なんだろうな。見てるさ。ちゃんと、ずっと見てんだろ」

くしゃりと大きな手で髪を掻き回され、ルカはポンと夢の中に放られた気分だった。

左の頬を包まれ、そろりと確かめるように小首を傾げて擦り寄せる。信じられない思いで大きな手に顔を預けて、それから足りずに唇で触れた。埋めるように手のひらへ唇を押し当て、上目遣いでそっと男を仰ぐ。

額にキスが降りてきた。

それから、鼻筋を軽く辿って唇にも。

人気の少ない道ながら、完全に途絶えているわけではない。ホテルのほうから近づいてくるファミリーの気配に、二人はパッと離れる。けれど、擦れ違ってしまえばまた引き合い、手と手がぶつかったのをきっかけに繋ぎ合った。

ホテルまでずっとそうした。

ずっと、ルカは夢を見ている気分だった。

フロントマンは相変わらずにこりともせず、こちらを見ようともしないけれど都合がいい。逃げるように乗り込んだ古めかしいエレベーターでは、階数表示が目的の階を指すのをじりじりした思いで見つめた。

真鍮の針が、頭上で左から右へ秤みたいに回って五階を指す。

部屋へと転がり込むなりキスをした。

「……んっ……」

唇を押しつけ合った。今までそうしないでいたのが嘘みたいに。

口の中まで確かめ合う。挨拶代わりの軽いキスも、深い大人のキスも、どんなキスもジャレスだけが知っている。彼しか知らない。

「ジャレス…っ……」

本当に欲しがっていたもの。

強さを身につけた自分は、ないものねだりで今度は弱くなりたがったのでも、太陽のような明るさを羨んだのでもなく――

「ジャレス、俺はっ……俺、ジャレスのものになりたい」

見つけた正解に、体の芯が熱を持つ。

「なってるだろ、そんなものはとっくに。付き合ってるつもりが、ここまで俺の独りよがりだったとはな」

いつもの少しぶっきらぼうな声で、ジャレスは答えた。

自分は野良の犬でも、ただの飼い犬でもなく――ジャレスの恋人。

縺れ合いながらベッドを目指した。羽織っただけの破れたシャツは一番に脱がされ、ルカもお返しとばかりにジャレスのシャツをたくし上げる。

けれど、肌に触れようとすると遮られた。

「ジャレス？」

「おまえはダメだ。おまえから触るのはもうナシ」

こんなときに冗談かと思った。

少しも笑っていない口元と眼差し。ジョークではないのを真顔で示しつつ、ジャレスは告げた。

「今夜は俺にさせろ」

「なに言って……」

「おまえは充分俺に触りまくってただろ。指のケガを理由に、散々弄んでくれたな」

「もてあそぶってっ……」

「俺のお楽しみを半分奪ってたってことだよ。ルカ、縛られたいのか？　それも具合がよさそうだが。おまえに本気で抵抗されたら腕力じゃ負けそうだしな」

前に一歩出られると、背後は崖っぷち——ではなく、ベッドだ。

ルカは背中から倒れ落ち、反射的にずり上がった。ジャレスは半端に捲れ上がったままのシャツを脱ぎ捨て、追いかけてくる。

ルカは追いつめられた。

「ジャレス…っ……うそっ」

「おまえの鈍さは筋金入りだな。俺がビアンカとドライブデートすると思ってたくらいだもんな？」

「それは……ちゃんとっ、店に行った…っ……バーに探しに行ったから……」

「チャラだって？　そりゃビアンカの口添えがあったからだろ。でなきゃおまえは、今夜も一人で俺のベッドでシコって泣きべそかいてたんだろうが」

「なっ……なんで…知っ……」

昨晩の行いをすっぱりと言い当てられて、誤魔化す余地もない。

「俺もそこそこ察しはいいほうだからな」

ジャレスも元シカリオだ。敏感でいられなければ命を落としかねない修羅場を幾度も潜り抜けてきたのは同じで、似た者同士。

ジャレスは鼻をスンとヒクつかせた。わざとに違いない。部屋の匂いで察したと自慰を仄めかされ、それだけで顔に熱が集まる。

ルカは泣きたい気分だ。感情が容易く昂る。二十年以上生きながらえ、今頃になって覚えた羞恥心は持て余し気味で、扱いに困ってしまう。

両腕を上げさせられた。戸惑う間にも、頭上の格子を握るよう促される。

クラシックなベッドのフレームは、アイアンと天然木の組み合わせだ。縛られるようなことはなく、ルカはただされるがままに黒い鉄の棒を握り締めた。

重たいジーンズを剝ぎ取られる。薄いタンクトップとショーツ一枚になると、素直にドキドキした。

久しぶりのセックスだ。

——恋人同士の。

語感だけでじんわり思考が蕩けて、どうにかなってしまいそうだ。

「ルカ、なにを考えてる？」

　ふるふると頭を振った。

「前に……行為のときはなにを考えてもいいと言ったが、あれは売りのプレイならの話だ。おまえ、ちゃんとわかってるか？　付き合うとなったら別だって……俺のことだけ考えてろ」

　どこか拗ねたような声音。むすりとした声に、ルカは驚いて目をパチパチさせた。

「かっ、考えてる。そんなの当たり前だよ、いつもジャレスのことしか…っ……」

　雑念が入り込んでいると思われたのか。

　心外というより、意外だった。思い違いの問題ではなく、ジャレスに嫉妬深いまでの情熱的な一面があることが。

　熱を帯びていた。ジャレスの言葉も、仕草も。

　それから、自分も。

「……あっ……」

　タンクトップがするするとたくし上げられる。脇から摩り上げる手のひらの感触に、ルカは再びふるりと頭を振り、恋人に変わった男の指は胸元の二つのアクセントに狙いを定めた。

　ほどよく日に焼けたようなルカの肌で、やや赤みの差した小さな膨らみ。掠める指先を感じただけで、乳首はぷくりと不自然なほど尖り始める。

　大人しく横たわってじっとしていると、余計に鋭敏になる。少ない情報から刺激を得ようと肌は感度を増し、ジャレスをまざまざと感じた。

肌を掠める息遣い。触れ合ったところから伝わる体温。

愛撫の軌跡も、細やかなその動きも。

「んん…っ……や……」

ちゅっと響いた音にピクリとなる。

代わる代わるの乳首へのキス。右も左も舌先にあやされ、ルカはどうすることもできずに、ぎゅっと黒いアイアンの棒を握り締めた。

無意識に捩れる身を、愛撫の唇は辿って下り始める。

無駄なく引き締まった腹部から、ぽっかりと天を向いて空いた臍へも。腿を掠める髪がくすぐったい。内側の柔らかい肌へキスの雨を降らせながら足を左右に割られ、中心で恥ずかしく下着を張らせたままのものを意識した。

まだなにもされてはいないのに、じんと熱い。

切ない疼きに、ぽろぽろと声が零れる。

「……あ……あっ……め、だ…め……」

「なにが？　ココのことか？」

「んん…ぅ……」

「ああ、もう随分キツそうだな」

「あっ、も……もうっ……」

フレームを握る指が解けた。未だ慣れない。甘えることも求めることも。もどかしさは自分で晴らすしかないとばかりに右手を向かわせ、そこへ這わせようとしてドキリとなった。

「ルカ」

低く響いた男の声。

名前を呼ばれただけで厳しく叱責されたかのように狼狽え、急いで両手ともフレームに戻した。

今、自分で触ろうとしたのか。

言いつけも守らないで——

「……いいコだな、ルカ」

ジャレスは艶めかしく笑んだ。

「じゃ…ジャレス…っ……」

「してほしいことがあるなら言え。そのためにおまえの口はついてるんだ、しゃぶるためだけのものじゃない」

「あ……もっ……してっ……も、してほし…いっ、ちんちんして…っ……」

自身の言葉に煽られる。腰がもじりと動いた。それだけでじわっと潤んだ膨らみを暴くように、下着を指の先で捲られ、泣き濡れた声が零れる。

「……ひ…ぅ……あ…ぁっ……」

叱られるのかと思った。『売り』を教えてもらったときは、自分ばかり快楽を追うのは駄目だと言われた。

でも、今は違った。

ジャレスは迷いなく顔を埋める。ルカの張り詰めた性器を、唇や舌でたっぷりと慈しみ始めた。時折卑猥な言葉で苛めながらも、後には何倍も可愛がってくれる。

「あ…っ……んっ、あぅ…ん……」

「……すっかり、イイ声が出せるようになったな。さっきから俺も腰にクる」

「ジャレス、だめ……くち、だめっ……」

「嫌なのか？　してほしい、んだろ？」

「……いや、じゃない……けど…っ、なんか…っ……」

ぶるっとした震えが、腰から広がる。

「あっ、あっ……でる……」

射精ではないのに腰が撥ねた。幾度か大きく震え、とろりとしたものが中から溢れた。

鈴口の割れ目が開いたのがわかるほど、カウパーが滴る。構わず舐め取るジャレスの舌を幹に感じ、拭う感触や背徳感にまたルカは首を振った。

「ジャレスっ……もっ、汚い…から…っ……」

「おまえは毎晩のようにしてくれたろ？　汚いのを我慢して俺にサービスしてたのか？」

「ちがっ……汚く、ない、ジャレスは…っ……ちっとも……俺が、したくて…っ……したい、から……」

「俺だってそうだ」

微かに笑った息遣いが肌を掠める。

「俺だっておまえを気持ちよくさせたい、可愛がりたい。普通のことだろう？」

快楽は一方的に得るものではない。セックスは折檻でも奪うものでもなく、与え合うものだ。なのに自分は、怪我を理由に与えることばかりを考えていた。ジャレスを思っての行為のつもりが、求めて拒まれるのを恐れていただけのような気もする。

恋はルカを臆病にさせた。

ジャレスに出会って知った『初めて』は、唇へのキスだけではない。人を好きになる喜びも、怖さも教えてもらった。

今もまた知ろうとしていた。

愛されるということ。

「ジャレス……あっ、あ…ぅん……」

感じやすいところへと惜しみなく注がれる愛撫。いっぱいに張り詰めた性器を、生温かく濡れた口腔に飲み込まれる。

じゅっじゅっと卑猥な音を立て、すぐにも吸いついてきた粘膜に、ルカの昂ぶりは歓喜した。

ぞろりと擦れて迸る快感に、堪えきれずにしゃくり上げる。

「……いいっ……あっ、いっ……ジャレス…っ、あっ、あ…ぁ……」

オーガズムの瞬間がチラつく。気持ちいい射精のことで頭がいっぱいになり、口に包まれているのも忘れて淫らに腰は動いた。

「……ぁっ、あっ……あっ、あっ……もっ、あっ……もっ、もっ……」

頭上でカタカタと小刻みに鳴る音。両手で握ったままのフレームが、リズムを打つように震える。

「……レスっ……ジャレス…っ……く、いく……俺、も…うっ……ぁっ、あっ、あっ……やっ、きもち…いっ……ちんちん…っ、いい……あっ……いく、イク…っ……」

腰を切なく揺すり立て、ルカは消え入りそうな声を上げて達した。

「……あっ……あぁ…ん……」

ジャレスの口の中へと、吐精した。

残滓まで余さず、深いところへ解き放った。喉を大きく鳴らした男がすべてを飲み下すのを、啜り泣きながら感じる。

「……なん…で…っ……飲んだの?」

眦のびっしょりと濡れた目で、ルカは身を起こす男を見つめた。

「おまえも、いつもそうしてるだろう?」

恋人はこの上ない笑みを浮かべていた。満足げだ。濡れた唇を手の甲で拭いながらも、微笑んでさえいる。

「ジャレス……」

これほど誰かに大事にしてもらったことはない。

ルカの両手は自然に解けた。アイアンのフレームから手を放し、いつの間にかゴムが外れて髪の下りた男の首筋へと回しかける。

抱き寄せているのか、しがみついたのか。自分でもわからなかった。

「ジャレス、好き……好き」

必死で言葉を紡いだ。

「俺もだ。俺も、おまえが好きだよ、ルカ」

返事にまたしゃくり上げてしまう。

嬉しい。「好き」を幾度も呟き返して、ルカはスンと鼻を鳴らした。嬉しいのに泣きたくなる。晴れと雨模様が入り混じったみたいな気持ちで、胸がぱんぱんになる。

「……ルカ」

低い声に、ヒクンとなった。放ったばかりの性器に絡みつく長い指。萎える間もろくに与えられないまま、ゆったりと手淫で扱(しご)かれる。

「あ…んっ……」

今度は前だけではなかった。

前と後ろと――ペニスとアナルと。ジャレスがオイルのボトルを用意して、準備を施した。長い指でそこを慣らされる。性器と同じくらいか、それ以上に感じる前立腺を刺激されるとルカはいつも一溜まりもない。

もちろん今も。

ジャレスに感じやすく育ててもらった場所だ。

「ジャレス…っ……ひ…ぁっ……」

増やされた二本目の指には、少しだけ抵抗を示した。挿れられる不安ではなく、まだ傷の具合を心配したからだったけれど、「リハビリの成果を確かめさせろ」と囁かれて笑ってしまった。

タコス作りの成果を、思いがけない形でジャレスは披露した。元々並外れて器用なシカリオは、繊細な動きでルカの内壁にある性感帯をじっくりと嬲って泣かせる。

「ん…ぅっ……」

目が合うと、引き合うようにキスをした。

分厚い舌に吸いつきながら、ルカは無意識にまた腰を揺すった。淫らに前後に漕がせて、いつも自らそうしたように、男の指先をそこに誘導して宛てがう。

「ルカ、気持ちいいか?」

ストレートに問われ、顔を真っ赤にしたまま頷いた。じわりと濡れる眦を感じながらも、尻を恥ずかしく動かすのを止められない。

「……ち、いい……気持ち、い…っ……ぁっ、あ…っ……」

「……もう、奥までとろとろだな。少し、オイルを入れ過ぎたか」

「あ…ぁん…っ……」

甘く蕩けた声。自分の声だなんて嘘みたいだ。

ジャレスをどこまでも信じ、身を委ね、とろとろになるほど感じている。

「あっ……あ…ぁっ……」

腰が大きくくねった。もう充分に蕩けきったのを知らせるように尻を揺すり、ジャレスはそんなルカの痴態をじっと見ていた。

「ジャレス…っ……もっ……」

長い指がずるりと抜き出される。代わって宛てがわれるものの質量を、ルカはもう知っている。

「……ゆっくりだ。力抜いてろ」

ジャレスは残った衣類を手早く脱ぎ去り、ルカの身に体重を預けるようにしてぐっと沈み入ってきた。

いつも始まりはスローだ。感じやすくなったのも、気持ちいいばかりのセックスなのも、ルカが一切の苦痛を覚えないでいられるようにと最初から苦心していてくれたからだ。

今だからわかる。

「んん…っ……ぁっ、あ……そこ……」

「ここか？　ああ、だいぶ前立腺が腫れてる。中まで勃起してるのがわかるか？　ここだ……

それから、この奥も……おまえは好きだよな」

「あ…っ……あぁ…っ、や…ぁ……」

「嫌じゃない、ここだ……いつも自分で宛てて、アンアン啼いてるだろう？」

「やぁ…っ……ジャレス…っ……」

泣き喘ぐほどに、恋人はそこを苛めた。その身に腕を回してしがみつくルカは、ゆさゆさと
揺さぶられるままに感じて、重なり合った腹部はぬるりと滑った。

しとどに溢れるカウパーを、「またこんなに濡らしてる」と言って煽られる。

「ジャレ…ス…っ……あ…ぁ……」

「……すご……吸いつきがすごいな」

「ふ…っ……ぁっ……あっ……」

「わかるか？　入り口から奥まで、全部だ。入れるときも絡んでくるが……こうしてっ……抜
くと、中がついてくる、ああ……」

「んっ、んっ……や…ぁっ……」

「……やばいな、俺ももう…っ……」

どちらのものかわからなくなる、ハッハッと鳴る荒い息遣い。深い抜き差しに、ジャレスを隅々まで感じる。嵩の張った先端も、太くて熱い脈打つような幹も。根元までは遠い。ジャレスの屹立は長くて大きくて――

「ああっ……」

グチュッと深いところで音が鳴った。下腹が痙攣するように震え、二度目の射精感に打ち震える。

「ジャ…レスっ……ジャレス…ぅっ……」

「……ああ……イクなら、一緒に…っ……」

「あ…っ、あぁ…っ……んんっ、うっ……」

強く執拗な突き上げ。深いところを幾度もノックされて、その度になにかがチカチカとなった。目蓋の裏だか、頭の奥だかわからない場所で、光が弾ける。きゅうっと中が連鎖反応して、ジャレスにも伝わる。

「……ルカ…っ」

「あぁ…っ……いくっ、イク…っ、もっ、もう……ああ…ぁっ……」

下腹で揉まれる性器が、熱いものを散らした。ほとんど同時に、深く放たれた熱を身の奥でも感じ、ルカは喉を鳴らすように尻を上下させた。

合った。

汗ばんだ額を押し合わされる。それから、唇も何度も重ねて、息遣いだけで昂る感情を伝え合った。

いつの間にか閉じていた目蓋を起こす。

目の前に深い青があった。ジャレスの眸の奥へと、泳ぎ出すようにルカは見つめる。

「……気持ちよかったか？」

真っ赤に火照った顔で頷く。

「セックス……おれ、好きかも」

「言ってくれるな」

「ジャレスとするの、ジャレスとだけっ……好き」

「……それは歓迎だな。俺も、おまえとだけするのが好きだ」

ふっと笑った男の唇を目指して、ルカは顔を寄せた。

キスの後は、『好き』の続きを始めた。

その夜は、迷うことなくジャレスのベッドで眠りについた。

海は今日もピカピカだった。

ゴキゲンの空色を映して輝き、光る海もまた、朝から人々を上機嫌に輝かせる。ビーチは偉大だ。底抜けの明るさで、大抵のことはなんとかなると思わせてくれる。ビーチバレーのボールがポンと高く舞えば歓声が上がり、普段は好みではないサルサやルンバのリズムすらも、聞こえてくれれば陽気になる。

ただし、今は浜辺のフードトラックの奥までは届いていなかった。

「ちゃんと聞いてくれてる？　妙なものを売ったら、うちの評判に関わるんだから！」

エプロンをしていなくともビアンカはキッチンが気になるらしい。余所(よそ)行きのワンピース姿ながら、なかなか離れずにいる。

手元を覗き込まれたジャレスは不満顔だ。

「今日のメニューは基本作り置きだろ？　ガミガミ言われなくても、トルティーヤで巻くのは俺だってできる。これまで手伝ってもいたしな」

肩を竦(すく)ませ、溜め息まで添える。

今日はこれから半日、ルカはジャレスと二人で店番予定だ。

「だいたいそんなに信用できないなら店閉めてドライブに行けよ」

「だって、セレナが危ないからこれから店は早めに閉めるって。女だけの店はなにかとやりづらいのよ、稼げるときに稼がなきゃ！」

先週のトラブルは店の営業にも影響を及ぼしたようだけれど、ビアンカの威勢のよさに変化はない。会話を耳にするルカは密かに安堵した。

逞しくなければ、この世界では暮らせない。

それは、極普通に生きる一見平和な街の住人であってもそうなのだと、心に刻むように思わされる。

「黄色いフードトラックには、手伝いの男が二人もいるってアピールしとくさ。稼いどくから、楽しんで来いよ。ほら早く行かないと、姉さんの機嫌が悪くなるぞ」

ジャレスの声に、我に返ったようにビアンカは後部の出口に向かった。シボレー・カマロは少し離れた道沿いに停めており、一足先にセレナが待っているはずだ。

「じゃあね、ルカ！　エプロン似合ってる！」

ポニーテールの赤い髪が弧を描くように揺れ、ビアンカは手を振りつつ駆け出して行った。どうにも忙しない。呆気に取られるルカの手前で、ジャレスは不服そうに零した。

「俺だってエプロンつけてるんだが」

「ジャレスはなんでも似合うから」

あえて褒めるまでもないのだろう。ソンブレロだってきっとカッコよく被りこなすに違いないと本気で思うルカは、ジャレスの耳打ちにひっとなった。

「ふうん、惚れた欲目ってのはありがたいもんだな」

フードトラックの中は狭い。肘がすぐに触れ合うほどの密着具合で、ちょっとした動揺も倍増した。

耳を掠めた唇にドキドキ。心臓を鳴らすルカは、生地を伸ばすプレンサをバタンバタンと激しく動かし始めてジャレスを慌てさせる。

「おいおい、力入れ過ぎ！　トルティーヤがシースルーで透けちまうぞ！　おまえ、ただでさえ力強いんだから」

「あっ、ごっ、ごめん」

先の思いやられる店番ながら、それ以前の問題が勃発した。

背後の窓から表を覗き、ジャレスが訝しむ。

「まだ車出てないぞ、あいつらなにやってんだ？」

「運転はビアンカだよね？」

「運転席にはいるけど……まさか、行く前からエンスト起こしてんじゃないだろうな。ちょっと見てくる」

「えっ、見てくるって？」

トルティーヤの生地の厚みに気を取られていたルカは、出ていくジャレスを捕まえ損ねた。

「お客さんきたらどうするの!?」

「適当に巻いて売ってりゃいいさ」

「そういうわけにはっ……ジャレスっ！」

「すぐ戻る」

置いて行かれた。

プレンサの使い方くらいしか知らない素人だというのに、タコス屋のトラックに一人ぼっち。連日手伝い、元々料理もできるジャレスとはわけが違う。

こんな種類の心細さは初めてだ。世の中にはいろんな形のドキドキがあるものだなんて、考える余裕もなくカウンター前で直立不動。ルカは持ち前の察しのよさで、すばやく周囲の状況を把握する。

トラックはビーチの端だ。ビーチバレーの若者や日光浴の観光客とは距離がある。近くの犬連れの夫人はただの散歩だろう。子連れの一家は遠いけれど、子供は予期せぬ行動を取るので油断できない。こっちに駆け出されたら、間合いが縮まるのはあっという間だ。

来るな来るな、誰も来ないでくれと、店番らしからぬことを願ううち、道沿いに停まった車から集団が降りたのを感じた。

開閉するドアの音。車は三台か。

路地に降り立つ足音は重く、全員が男性のようだ。年寄りはいない。病人もいない。砂浜に出ると足音の情報は曖昧になったけれど、会話から人数は六、七人であると判断した。

旅の途中、腹を減らして食料を調達しようと車を停めたらしい。

ルカは一度もそちらを見ていなかった。

目が合えば、タコスに関心を示されそうな恐れから、じっとカウンター越しの海を凝視し続ける。ほかのフードトラックの匂いに男たちは釣られていき、ホッと胸を撫で下ろした。

――一人の男の存在に気づくまでは。

「ボスはなんにします？」

ルカはハッとなって、そちらを見る。

白いシルエットの男がいた。掃き溜めになんとやら。見るからに荒くれ者のカタギではない集団に、仲間とも景色とも馴染まないスリーピースの白いスーツの男が一人。

「肉は飽きたな。おまえらほど俺は肉食じゃないんでね。だいたい四つ足の生き物を食べるのは可哀想で気が引ける」

「二つ足ならいいんすか？」

「そうだねぇ、チキンはたんぱく質も取れるし……ああ、人間も二つ足か」

男はふわりと笑い、付き人のようについて歩くマッチョたちはビクリとなった。動物より人の命を軽視する『ボス』だ。野郎共は今にも砂浜で四つ足になりそうに身を縮こまらせ、まるで冗談になっていない。

――アダン・バシリオ・サルヴァドール。

ルカの眼差しは鋭く変わり、眩しげに日差しに手を翳す男の顔がこちらを向いた。

一見、優男だ。薄い唇に笑みを湛えたまま、サルヴァドールは唐突にポイポイと革靴から靴下まで脱ぎ捨て、部下を戸惑わせる。

「せっかくのビーチだしな。拾ってろ」

気紛れなボスの靴を拾う男を尻目に、進路を変えて裸足で悠然と向かってくる。

悪夢だ。

目を逸らしたところで時すでに遅し。長閑なビーチに、魔物でも召喚したかのような眺め。

「クアント・ティエンポ。また会ったね」

ルカは強張る顔のまま答えた。

「……俺は一人だ」

「聞いてないよ？　まぁ、どう答えたところで信じないけどね。あの後すぐに荷物まとめてミノシエロを出たそうじゃないか。挨拶もナシで、昔馴染みとしては淋しい限りだったよ」

トラックの中を見渡して『誰か』を探しつつ、サルヴァドールは大仰に肩を竦めて見せる。

よく喋る男だ。そして皮肉屋でもある。街を出る羽目になった理由が、まさか自分にないと思っているわけではないだろう。

ルカは前を見据えたままカウンター内の手をじわりと動かし、サルヴァドールは自身のスーツの左脇に触れて示した。

銃を下げているはずの場所だ。

「フライ返しが人を殺すための道具じゃないとまさか知らないのかな？　やめておこうか、俺もマヌケな死にざまは晒したくない」

「……だったら、なんで来た？」

「おいおい、ビーチはおまえらの縄張りか？　役立たずを追い回すほど、こっちも暇じゃない」

「……偶然だとでも？」

「この先のコスタデロスで仕事が待ってるんだ。カリブ一のカジノを作る予定でね。非協力的な誰かさんのおかげで、邪魔者を消し損ねて頓挫しないよう進めるのも一苦労なんだが」

恨みがましく言う。ルカが唇を引き結んだままでいると、嫌みをたっぷり添えた。

「まぁ、おまえらには一生縁のない場所になるだろうよ。どこで何をやってるのかと思えば、古道具屋のジャレス改め、『タコス屋のジャレス』か。ますます貧相になったもんだ」

「この店は違う。通りすがりに店番をやっているだけだ……店主が……発作で倒れた」

苦し紛れの言い訳。ビアンカたちがサルヴァドールに目をつけられないよう、無関係を装う。

「ふうん、じゃあ一つもらおうか」

「だから、俺の店じゃないって……」

「店番なら、売り子が仕事だろう。エプロンまで用意して、随分と準備のいい発作が起こったもんだ」

ククッと笑う男は、自身の首に指をかけた。

紐状のなにかをするすると引っ張り出したかと思えば、ピンストライプのシャツの襟もとから、極小さな布袋が現れる。

カウンターにコロリと転がされたものに、ルカは目を瞠らせた。

ポリミタ・ピクタ。

あるいはコダママイマイ、黄色いカタツムリ。

「代金はこれでどうだ？　俺はシーフードのタコスがいいな。あいつらの分も適当に作れ、バカ舌だからなんでもいい」

一見フォーマルなホワイトスーツの男の首から、カタツムリの殻が出てくる違和感。そういえば、ルカも布袋を作って首に下げていた。

大切なものを身につける方法の一つで――

「喉も渇いた。なにか飲み物ももらおう」

「あ、ああ……」

ルカの返事は曖昧になる。

サルヴァドールはカウンターに並んだジュースのガラスボトルを一つ一つ覗き込む。眸の色は変わらず冷えたヘーゼルアイだ。けれど、その虹彩には微かな緑がある。

まるで乾ききった砂漠の中に、申し訳程度に存在するオアシスのように。

「この赤いのはハマイカか？」

赤いジュースの前で、男の目は止まった。

「わ、わからない。たぶんそうだと思うけど……」

「わからないんじゃ、ハマイカとは限らないだろう。安易に常識で判断するな。ハイビスカスの花じゃなく、生き血だったりしてな」

「え……」

息を飲んだのは、悪趣味な発言だからではない。

どこかで聞いた覚えのある話だ。ルカはそろりと返した。

「……心臓をワイン樽にして抜き取った？」

「そう、さすが元殺し屋だな。現役に戻ったらどうだ？　うちのボンクラどもより、よっぽど役に立ちそうだ」

ルカは否定も肯定もしなかった。むろん検討の余地などあるはずもなく、押し黙ったのは戸惑わずにいられなかったせいだ。

生き血ジュースの話を、自分にしたのはジャレスだ。

子供の頃、浚い集められた組織で出会った、年の近い少年の話だった。マルコのように出会い、けれどマルコのように死ぬことはなかった。この世のどこかに存在してはいるけれど、過ぎた利口さでおかしくなったという。

生きながら消えた少年。

頭は記憶の淵を彷徨いながらも、ルカは手を動かし続け、どうにか人数分のタコスを作り上げた。

見た目を気にする余裕はない。多少よれてようが構わず紙包みに突っ込むところを目にしつつも、サルヴァドールはなにも言わなかった。

無言でカタツムリを摑んで引っ込める。

「おいっ、代金……」

「こいつは、ヘタクソなタコスより価値があるんでね。おまえに釣りは払えないだろう？」

サルヴァドールは殻を戻した布袋をシャツの内に収め戻し、代わりに財布から紙幣を抜き取った。額面の大きな札だ。

「釣りはいらない。店主によろしく」

「あ……て、店主じゃない！」

「往生際が悪いねぇ。それより、なにか言い忘れてないか？」

ここが店番中のタコス屋であれば、客に言うべき言葉。

「…………グラシアス」

ありがとう。不承不承の思いで告げる。せめてもの反抗で添えなかった「またね」を、サルヴァドールは紙包みを満足げに抱いて返した。

「アスタルエゴ、セニョール」

眩しい白スーツが、日差しに飲まれるように歩き去っていく。「ボス！」「ボス、なに買ったんすか！」と迎える部下たちは、恐れながらも賑やかに群がる海鳥のようだ。

ルカはしばらく放心していた。

頭が情報を処理しきれない。

「ちょっとのはずが、まさか教習させられるとはな」

ジャレスはぼやきながら戻ってきた。気づけば小一時間近くが過ぎており、ビアンカの運転が覚束なさ過ぎて、教えながら周辺を一回りしてきたのだと言う。

「このトラックのほうがよっぽどデカいし、難しいはずなんだけどな。無傷で返ってこなかったらどうするかな」

一体どれほどの運転だったのか。借り物だけに心穏やかでない様子ながら、ルカのほうがずっと強張る表情だ。

「ルカ？　どうした、客がきてたのか？　そりゃ、おつかれ……」

サルヴァドール一行の寄り道など露とも知らず、肩越しに手元を覗き込んできた男は、札入れの中身に目を剝いた。

「そんなに売れたのか、すごいじゃないか！」

「あ……いや、これはお釣りはいらないって言われたから」

「へぇ、随分気前のいい客だな」

「ジャレス、実は……」

重たく口を開きかけ、ルカは隣を仰いだ。

ふっと風に乗るように響いた音。並び立った男から響き始めた鼻歌に驚く。

ジャレスの好きな女性ジャズシンガー、エラの曲だ。いや、エラとルイ・アームストロングのデュエット。ルカですらぼんやり知っている有名曲ながら、驚いたのはそのアップテンポさだ。

メロウではない、ポップなメロディ。

鼻歌も選曲も、これまでのジャレスと違う。

「ルカ、おまえも腹が減ったろ？　ビアンカが、まかないは好きに作っていいって言ってたからな。豪勢に牛肉でステーキタコスってのはどうだ？　気前のいい客も来たことだしな」

ふふっと悪戯っぽく笑う男の眸は、ピーカンの空に輝く海の色だ。

「ルカ？」

「あ……うん、そうだね」

「どうした？　そういや、さっきなにか言いかけなかったか？」

ルカは首を横に振った。

話しても話さなくても、今ここに二人が無事でいることに変わりはない。とりあえずサルヴァドールは去った。もしかすると、遠からずミノシエロに戻っても平気かもしれない。

——甘いだろうか。

ジャレスが生きながらいなくなったと言っていた少年が、あの目の中の緑のように、どこかにまだ存在するかもしれないと考えるのは。

　希望は想像次第で、どこにでも転がっているものだ。

「ジャレスは……そう、タコス屋もできそうだね」

「タコス？　んー、まぁ食い物屋も悪くないが、タコスはどこ行っても飽和状態だろ。新しく店出すには、パンチの効いた個性がないとな」

「こせい……」

「そういや、知ってるか？　東洋にも屋台はある。日本には『タコ焼き』ってのがあって、タコはタコでも、タコスじゃなくて蛸（プルポ）の入ったボールらしい」

「ボールって、投げる？」

「そう、真ん丸のスナックでな。生地は小麦らしいが、トウモロコシでもいけるかもな。野球場で売ったら案外人気が出るんじゃないか。ベースボール観（み）ながら、食ったり投げたり？　投げたらダメか」

　半分も本気ではないだろうけれど、夢のようなジョークを語る男はフフッと歌うように鼻を鳴らした。

「……タコ焼き屋のジャレス」

ルカは想像してみる。サルヴァドールが知ればまた嫌みを言いそうな響きながら、シカリオよりはずっといい。

「なんだ？」

「ううん、ジャレスならカッコイイよ」

「おまえは、俺ならなんでもいいんだな」

「うん、ジャレスならいい」

迷うことなく答えるルカに、隣でからかったつもりの男のほうが照れた表情だ。そんな顔さえもドキドキして、やっぱりハンサムだと再認識。なんて、本当にジャレスならなんでもありの自分がいる。

「じゃあ、焼き型手に入れたら試食パーティだな」

「フェルナンドも呼ぶ？」

「なんでそこでフェルが出てくるんだ？」

「しばらく会ってないし、パーティならたくさんいたほうがいいかと思って」

懐かしむ気持ちのほうが先だったけれど、思いのほか嫉妬深い恋人を刺激しないよう、ルカは言葉を選ぶ。

正解だったようで、ジャレスは頬を緩ませた。

「そうだな、ビアンカが車擦って帰るかもしれねぇしな。フェルのご機嫌を取っておくに越したことはないな」

　悪巧みの微笑みのほうか。そのくせ、「あいつ、どうしてんだろうな」と零した横顔に、ルカはふっと思い出した。

　フェルナンドが、いつかジャレスに言ってもらいたいと零していたあの言葉。

　――生きててよかった、おまえのおかげだフェルナンド。

「いつか……本当に言ってもらえるかも」

　その日は、そう遠くないのかもしれないなんて。

「ルカ？」

「……あ、お客さんきた」

　本当だった。ビーチサンダルの若者のグループが、こちらへと向かってくる。今日は場所取りも悪く、トラック位置は端っこなだけに、ここまできたらほぼ間違いない。

　まだランチタイムでもないのに、自分たちの腹ごしらえのまかないづくりを始めようとしていたジャレスは、「えっ」と動きを止めた。

　途端にエプロンのかけ具合を気にしたりして、笑ってしまう。

「ははっ！」

　カウンターを掠める海風が、ルカの笑い声を心地よく浚った。お返しのようにビーチのどこからか耳に届く打楽器のリズムは、ジャレスの鼻歌を思わせる。

メロウではない、ポップなメロディ。

その曲は確か、ヘブンにいるみたいと歌っていた。

気分は上々。眩しいほど白い砂浜に、視界いっぱいに広がる青い海。空はどこまでも続く。遠くまで、どこまでも。

まさに天国にいる気分だ。

シカリオ改め、今はタコス屋。

鮮やかに変わった世界の中で、二人は顔を見合わせ、『せーの』と呼吸を整えるようにして高らかに言った。

「オラ！　パセレ、パセレ！」

あとがき

オラ！　ブエナス・タルデス！

どちらを挨拶に使うべきか、はたまた両方を並べてよいものか。思い悩む間に小一時間が過ぎていました。

こんにちは、またこんにちは。はじめましての方には、はじめまして砂原（すなはら）です！

中南米に馴染みはなかったはずなのに、気づけば熱く書いてました。小説キャラに掲載していただいてからしばらく間が空き、今となっては何故書こうとしたのか定かでないのですが、メキシコは憧れの国です。タコスは家でも食べます。市販のトルティーヤシートで、トウモロコシの粉を挽いたことはもちろん、捏ねたこともありませんが。食文化を調べれば調べるほど、本場のタコスが美味しそうで気分はメキシコに何度も飛びました。主に食い気による憧れか！

小説の舞台は架空の国です。時代は八〇年代後半くらいでしょうか。治安の悪化も著しい空想の街だけに、ルカの生い立ちは不幸なものですが、野良なワンコが良い飼い主を見つけ、やがて人間になれた物語かなと思っています。モフモフものではありません、主に恋愛面で！

ジャレスも成長しました。成長というより若返りかも。枯れ木だったメンタルが若木にすっかり戻っております。ルックスはイラスト効果です。

小説キャラ、そして文庫と魅惑のイラストで彩ってくださった稲荷家先生、ありがとうございます！　雰囲気たっぷりの二人に妄想が捗りました。切り取られた場面から覗く奥行に、二人の住む街やジャレスの古道具屋までリアルに感じて、その空気に触れさせてもらった気がします。読んでくださった皆さまにも、イラストページで深呼吸して感じていただけましたら。紙の匂い以外もするはずです、きっと！

隅々までたくさんの方にお世話になり、一冊の本にしていただきました。

お力添えをくださった皆さま、手に取り読んでくださった皆さま、本当にありがとうございます。

我が家には、メキシコの民芸品、編みぐるみの猫がいます。時々ふと見つめては「どんな人にどんな思いで作られたのだろうな」と考えます。そんなロマンティックなものではなく、「あーもうかったるいなーシエスタまだかよ！」と思いながら編まれたものかもしれませんが、それでも地球の裏っかわから我が家に流れ着いたかと思えば愛着も増します。

このお話はそんな遠い国ではなく、私の妄想が生産国ではありますが、異国を感じつつ楽しんでいただけたら嬉しいです。

ムーチャス・グラシアス！　アスタ・ルエゴ！　またお会いできますように。

２０２３年９月　　　　砂原糖子。

この本を読んでのご意見、ご感想を編集部までお寄せください。

《あて先》〒141-8202　東京都品川区上大崎3-1-1　徳間書店　キャラ編集部気付
「或るシカリオの愛」係

【読者アンケートフォーム】

ＱＲコードより作品の感想・アンケートをお送り頂けます。

Ｃｈａｒａ公式サイト http://www.chara-info.net/

■初出一覧

或るシカリオの愛……小説Chara vol.43（2021年1月号増刊）

恋を学ぶシカリオ……書き下ろし

Chara

或るシカリオの愛

……【キャラ文庫】

2023年10月31日　初刷

著者　砂原糖子

発行者　松下俊也

発行所　株式会社徳間書店
〒141-8202　東京都品川区上大崎3-1-1
電話　049-293-5521（販売部）
03-5403-4348（編集部）
振替　00140-0-44392

印刷・製本　株式会社広済堂ネクスト

カバー・口絵

デザイン　百足屋ユウコ＋タドコロユイ（ムシカゴグラフィクス）

ISBN978-4-19-901115-3